The Golden Bird
in the Sun

太阳中的黄金鸟

〔俄罗斯〕瓦迪姆·特里金 著

曹谁 译

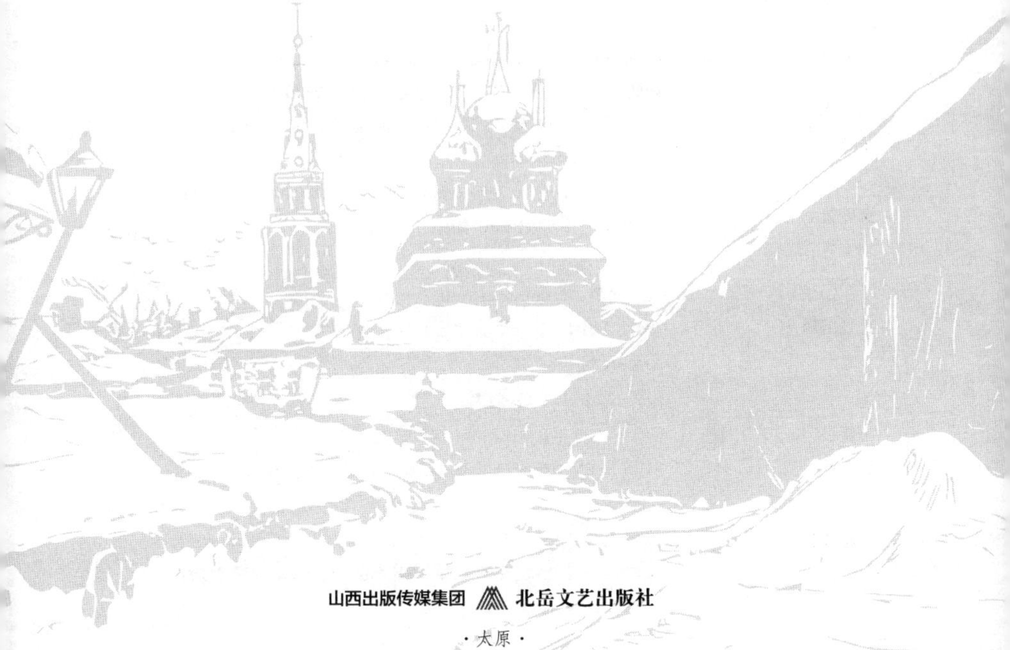

图书在版编目（CIP）数据

太阳中的黄金鸟 /（俄罗斯）瓦迪姆·特里金著；曹谁译. -- 太原：北岳文艺出版社，2025.5. -- ISBN 978-7-5378-7057-3

Ⅰ. I512.25

中国国家版本馆CIP数据核字第2025DN6362号

太阳中的黄金鸟
TAIYANG ZHONG DE HUANGJINNIAO

[俄罗斯] 瓦迪姆·特里金◎著

曹谁◎译

出品人 董利斌	出版发行：山西出版传媒集团·北岳文艺出版社 地址：山西省太原市并州南路57号　邮编：030012 电话：0351-5628696（发行部）　0351-5628688（总编室） 传真：0351-5628680
选题策划 刘文飞	网址：http://www.bywy.com　E-mail：bywycbs@163.com 印刷装订：山西人民印刷有限责任公司
责任编辑 关志英	成品尺寸：140 mm×210 mm 字数：249千 印张：9.25 版次：2025年5月第1版
书籍设计 张永文	印次：2025年5月山西第1次印刷 书号：ISBN 978-7-5378-7057-3 定价：58.00元
印装监制 郭　勇	本书版权为本社独家所有，未经本社同意不得转载、摘编或复制

黄金骑士戴着黄金镣铐在亚欧大陆上起舞（序言）

> 日常生活燃烧着骑士
> 这大火总是有硫黄味。
> ——瓦迪姆·特里金《地球女人与世界》

在少年时代，我有一个梦想，骑着一匹马从太平洋经过亚欧大陆一路向西到大西洋，途中，在俄罗斯的针叶林中经历爱恨情仇和是非成败。这个梦想后来被写进我的第一部长篇小说《巴别塔尖》中。在小说中，主人公狮谁的原型正是我自己，他进入亚欧大陆中心隐秘的巴别国，巴别国的名字来自巴别塔。巴别塔的典故来自《圣经》，起初人类说同一种语言，要合力建造一座通天塔，上帝知道后怕影响自己的权威，就打乱了人类的语言，人类因为不能交流，就四散到亚洲、欧洲、非洲，形成现在的民族。这是我在年少时就读到的故事，像一枚种子一样深深种入心底，后来生根发芽，成为我的一个创作主题。在小说中，狮谁的恋人琳妃（雪妃）就生活在俄罗斯广袤的针叶林里，最后他也逃亡到那里。

俄罗斯一直是我少年时代的梦想之地，当时我聚集志同道合的青年诗人西原、衣郎和萧泊零羽，我们疯狂阅读俄罗斯文学作品，共同建立了"北寒带诗派"，成为当时汉语诗坛的代表诗派，只可惜现在已经各奔东西。关于俄罗斯的梦想，后来变成了现实，那就是从瓦迪姆·特里金的诗歌开始，我们的认识要追溯到"世界诗歌运动"。

2017年，我在北京读北京师范大学和中国作家协会联办的作家硕士班，莫言是我们的学长和导师，张清华和邱华栋先生分别在北师大和鲁迅文学院负责，期间鲁迅文学院举办首届国际写作计划，我在跟外国诗人的交流中认识了土耳其诗人纽都然·杜门（Nurduran Duman），我们俩的英语虽然都不标准，但是神奇的是可以天然地理解对方，每天都探讨世界诗歌。我也是从翻译她的诗集《伊斯坦布尔的脚步》开始了翻译生涯。她介绍我认识世界诗歌运动总协调人、麦德林国际诗歌节主席、哥伦比亚诗人费尔南多·伦德（Fernando Rendon），进入世界诗歌运动（World Poetry Movement），在这里我认识了全世界一百多个国家的诗人，我们通过创作、翻译、出版、讨论，形成一个"世界诗歌运动"的团体。后来我担任《世界诗歌》杂志英文副主编，通过《世界诗歌》向世界各国的几十位有影响的诗人约稿，如同刊物宗旨所言："让世界诗歌走进中国，让中国诗歌走向世界"。费尔南多向我推荐了世界各国的诗人，其中就包括俄罗斯的瓦迪姆·特里金。

我向世界各国诗人约稿，没想到最早发我诗稿的是俄罗斯诗人瓦迪姆·特里金，我怀着对俄罗斯文学的敬畏之心跟瓦迪姆交流，我被他的诗《启示录》所深深感动，勾起我对神秘而忧伤的俄罗斯文化的情结，这正是我在《巴别塔尖》中所追寻的。于是我开始翻译他的作品，其中最大的障碍是语言，他的诗歌都是用俄罗斯语写的，我却只懂英文，好在他有英文译本，我就通过英文翻译为汉语，虽然是通过英文转译，但是好在我们有共通的诗心，翻译倒是非常顺利。后来我又翻译了他的整本诗集《音乐与诗行》，起初书名定为《透明的时间》，在翻译的过程中，我建议将诗集以其中一首诗《太阳中的黄金鸟》来命名，他同意了我的想法。在这首诗中有诗句"以弥赛亚的身份出现 / 为我们带来好消息 / 关于中国，关于俄国！ / 还有我们的友谊！"

这也是对中俄友谊的见证。

瓦迪姆·特里金是当代俄罗斯代表诗人之一，他的生活颇具传奇色彩。他于1963年1月27日出生于俄罗斯图拉地区佩索钦斯基村。他在大学读的并不是文学，而是跟文学相距甚远的火箭学，他毕业于喀山奇斯佳科夫高级军事指挥与火箭部队工程学院，出于对文学的热爱，他又到莫斯科高尔基文学研究所进修，开始写作生涯。他最初在苏联哈萨克斯坦的拜科努尔航天发射场工作，从事文学、文化、艺术和电影摄影等领域的工作。虽然干着航天工作，不过他笔耕不辍，获得一系列文学奖：第四届博鳌国际诗歌奖年度诗人奖（2021）、全乌克兰塔拉斯·舍甫琴科文学奖（2018年）、国际斯拉夫文学论坛"金骑士"（2016年）、全俄罗斯斯坦瑟夫文学奖（2016）、爱德华·沃洛丁"帝国文化"国际奖（2012）、俄罗斯联邦中央联邦区格雷本什奇科夫文学艺术奖（2009年）、巴林诗歌论坛荣誉奖（2007年）、国家文学奖基雷夫斯基兄弟"父亲之家"奖（2002年）、第二届菲拉雷特网络宗教诗歌大赛（2001年）、黄金之路出版社文学奖（2000年）、玛丽娜·茨维塔耶娃文学奖（1998年）、全国青年作家民主支持基金奖（1996年）。瓦迪姆的影响越来越大，成为俄罗斯作家联合会副主席、俄罗斯国际文学学院（莫斯科）副院长、全俄罗斯作家联盟卡鲁加地区分会主席、世界诗歌运动（WPM）协调员、彼得罗夫斯卡亚科学艺术学院（圣彼得堡）和俄罗斯文学学院（莫斯科）成员、卡卢加地区二级国家顾问。退休后开始职业写作生活，现在居住在跟莫斯科毗邻的卡卢加州，同属于中央联邦管区。

瓦迪姆的诗歌具有广泛的影响，他的诗集《太阳中的黄金鸟》今年获得第四届博鳌国际诗歌奖，在他的授奖词中这样写道："瓦迪姆·特里金的诗歌，试图通过日常世界的现象元素，追寻背后的永恒意义。他的诗歌继承自亚历山大·普希金开创的伟大的俄罗斯抒情传统，可以看到俄罗斯文学黄金时代的精辟警句，也可以看到俄罗斯文学白银时代的繁复象征。在全球化的时代,他的诗对东方文明和西方文明具有很强的包容性,他赞叹意大利古罗马的文明,也歌颂中华古文明的辉煌,将这些文明都兼容进他的诗歌。他最初所学的是火箭学,这也注定他会站在广袤的亚欧大陆上对着永恒的星空发问,以他从人间提炼的独特意象,编织出现代文明的启示录。"这是我对他的诗歌的总体感觉。

瓦迪姆在获奖感言《这个世界上的一切都将通过诗歌和音乐变成永恒》中说:"中国有许多世界闻名的诗人,他们与俄国诗人有许多共同之处。我们每年都会多次密切合作,双方的代表团曾经多次互访。2006年,俄罗斯作家瓦伦丁·拉斯普京在中国获得了最佳作品奖,他的作品在中国的土地上传播,我很高兴我也遵循了这个传统。中国拥有伟大的诗人和悠久的历史。俄罗斯文学虽然比中国文学年轻,但对于俄罗斯文学来说群星璀璨,亚历山大·普希金(Alexander Pushkin)、米哈伊尔·莱蒙托夫(Mikhail Lermontov)、费奥多·丘特切夫(Fyodor Tyutchev)和其他许多伟大的名字享誉世界。最伟大的诗人和诗歌是那个笼罩着我们并使我们高尚的微妙世界,它团结了全世界所有的国家。我们相互影响,也就是说,每个作者都将是一位俄罗斯诗人,或者是一位中国诗人,为自己设定同样的使命。这项使命不仅仅是自我表达,同时包括为更高的目的而去解决问题,也包括为全人类的生活辩护。一般来说,每个诗人都在寻找一种解释,来说明他在这个世界上为什么生活,为什么存在。这个文学的世界将一切民族和国家团结在一起,正是通过文字完成了所有伟大的事情。但是这句话是一把双刃剑,你可以摧毁一个人的世界,你同样可以把一个人爆炸到前所未有的高度。我曾经为中国作家们朗诵我的诗歌,他们保持着强烈的热情和良好的态度,倾听我读这首诗:你听到蟋蟀声开始了吗?/听到这首歌就足够。/仿佛世界上没有被残酷炙烤的诗歌和音乐,/我们生来就消失在黑暗中,没有无尽的诗歌财富,没有无穷的音乐权力。/我们如何生活在地球上？/是安详地亲切地躺在世界的诗歌和音乐身旁，是永恒的和平。/我适应所有的东西，但他们在匆忙中转瞬即逝，/这个世界上的一切都将通过诗歌和音乐变成永恒。"

过后我们互相唱和，前不久我写诗《黄金骑士戴着黄金镣铐在亚欧大陆上起舞》献给他，翻译成英文发给他，获得了他的高度赞誉。

  黄金的骑士高举着镣铐
  镣铐的十二条铁索由黄金锻造
  从亚细亚拖曳到欧罗巴
  从欧罗巴飘扬到亚细亚
  我们一路征伐
  一半在大地吸金
  一半在天空镀金
  我们是自由的黄金骑士
  我们要现世的快乐
  我们要永恒的荣耀
  黄金的骑士戴着黄金的镣铐征伐
  少年的梦想从嫩芽长成针叶林
  勇士的意志从亚细亚到欧罗巴
  我们是自由的黄金骑士
  我们必须戴着镣铐起舞
  六条铁索用来捆绑大地
  六条铁索用来召唤天空
  黄金的骑士戴着黄金的镣铐起舞
  从日落的欧罗巴到日出的亚细亚
  从黄金的亚细亚到白银的欧罗巴

我们看着天空的黄金帝国
在亚欧大陆地上东征西讨

　　这本诗集翻译完成后，获得了第12届俄罗斯国际斯拉夫文学论坛"金骑士"奖（Золотой Витязь）。"金骑士"奖从2010年开始评奖，每年评给俄罗斯和其他国家文化生活中代表创意活动的所有艺术门类——电影、戏剧、音乐、艺术、文学、绘画，在俄罗斯影响巨大，被人称为"俄罗斯的普利策奖"。"金骑士"奖由俄罗斯联邦数字发展通信和大众传播部（俄罗斯数字事务部）支持的"金骑士"国际论坛评出，评奖机构包括俄罗斯作家联盟、俄罗斯东正教出版委员会、高尔基国家文学研究所、斯太普林遗产研究基金会、生命之路文学基金会。"金骑士"奖的评选，在俄罗斯和其他国家的文化生活中，被认为是一个影响巨大的事件。在过去几年里，论坛找到了自己的传统，赢得了众多忠实的粉丝。他们致力于加强俄罗斯的社会精神和道德基础，评奖委员会设置了最高的"艺术"标准，在巩固专业艺术团体和加强国际人道主义联系中发挥了积极的作用，成为俄罗斯文化界的一大事件。自2010年以来，国际斯拉夫文学论坛"金骑士"奖的评选，一直在斯拉夫艺术论坛"金骑士"的框架内举行，它团结了用俄语写作的作家，他们的作品符合"道德理想，提升人类灵魂"的格言。俄罗斯文学评论家伊戈尔·佐洛托斯基、作家弗拉基米尔·克鲁平、诗人德米特里·米兹古林获得主奖，我所获的"金骑士"奖为文学门类中的翻译奖。北岳文艺出版社也将其列入翻译丛书，在此深表感谢。

　　在少年时代，我有一个梦想，骑着一匹马从太平洋经过亚欧大陆一路向西到大西洋，在途中俄罗斯的针叶林中经历爱恨情仇与是非成败，如今这个梦正在我翻译的《太阳中的黄金鸟》中慢慢成为现实。瓦迪姆的俄语诗歌都是有韵律的，他喜欢戴着镣铐起舞，我仿佛看到一个勇士在广袤的欧亚大陆上起舞,用镣铐发出坚硬而悠扬的音乐,闪现出曾经在欧亚大陆这个舞台上演出的爱恨情仇与是非成败。

曹谁

2021 年 12 月 12 日于北京

目录

第1辑 启示录

003 启示录
023 道别地狱
028 太阳中的黄金鸟
032 世界末日的启示

第2辑 三节诗中的光

045 三节诗中的光
054 颓废
056 瞬间

第3辑 另一本书的镜像

063 另一本书的镜像

第4辑 漫游手记

077 拉文纳
079 威尼斯
081 佛罗伦萨
083 漫游手记

第 5 辑　多边形

089　多边形
092　草原上的春天与乡愁
094　宇航员
096　道别
097　太空港
100　军事领袖
103　记忆
105　一个时代的终结

第 6 辑　透明的时间

109　透明的时间
110　上帝的仆人
121　纪念碑
125　英雄不是第一计划
127　黑色的猫
132　感觉
134　奇怪的人
140　秋日来信
144　初冬
149　感伤

第 7 辑　被施魔法的流浪者

155　被施魔法的流浪者
158　基督的时代
160　献给我妻子 E.T.

161 给艾莉娜的两首诗

164 献给岳母

167 被施魔法的流浪者

172 外省

178 地方

181 纪念普希金 200 周年诞辰

184 希望与神秘之城

191 当权

192 爱国诗

194 破产银行家之歌

198 报纸生活

200 特雷菲洛夫

202 地球女人与世界

207 天堂之家

213 呼吁

第 8 辑　共同生活

217 奥赛罗的生活

219 灯笼下的缪斯

222 水瓶座下的写作

225 新年

227 共同生活

230 俄罗斯孩子

236 愿景献词

239 守恒定律

243 自白书

246 第一感觉是悲观

249 新年前夜

252　祝词

第9辑　秋天的色彩

257　秋天的色彩

第10辑　二月六日或者来自一个人的第一封信

273　致孙女紫兰塔

第 1 辑 | 启示录

启示录

1

当我遇到一个流浪汉
在一个可怜的火车站
我以为我们的灵魂
在上帝面前是同样的臭气

上帝不需要我们祈祷
但我匍匐在你面前
是我对战斗厌倦了
这就是满身黑色的我

我是提出权利的人
我胆怯地求饶
我明白这些话
可能就是我们的主要营生

2

如果你看东西很长很长很长时间
你会提取出一种不同的感觉
意义是神秘而险恶的

你会看到如何走出房子
毫无防备，赤身裸体
我真的完全不知道
我们有熟悉的东西

我决定成为火鸟
火鸟也不需要
为国家的爱而战
向他们去鞠躬

纵容黑暗势力
所有的老板都说：
鸟？火？对，有一个
但它并没有真正燃烧

可以说这不是很好
为了我的生命
它的光芒暗淡
在此顺便说一下
更好的鸟——麻雀

但这也符合所有的法律
徒劳地寻找火
反射光在照耀
那光芒来自我

3

高级艺术的牧师
大股份的继承人
哦,我们会多么难过
看守人来了,把所有人都炒鱿鱼

1993年2月2日

4

记住,记住,看好,看好
就像是在某年的二月
我们读鲍里斯·瑞德①
那站在桌子上的诗句。

窗外的夜色弥漫
周围充满了悲伤
深深铭刻在我的记忆中
那是鲍里斯的白袜子

他是个活泼的孩子
充满了生命和火焰
愤怒地说:"给我脸上一拳!"
把我灌得酩酊大醉。

---

① 鲍里斯·瑞德(Boris Red)是俄罗斯诗人。

我会给你的,见鬼去吧!
但是通过破坏这个计划
我们优雅的东方美人
戴安娜·卡恩①会和解的

时间在某处消失了
第谷②快把我们逼疯
没有回报的东西
没有明信片,也没有信件

2016年2月2日

5

我是已经受够了,
在工作日结束时
我记得那份礼物,
但父亲的礼物忘了我。

"这有什么用,"他说,
"我这个老头对你有什么用?"
快把它给那些年轻人,

---

① 戴安娜·卡恩(Diana Kahn),俄罗斯诗人。
② 第谷(Tycho)为丹麦16世纪著名天文学家,他提出了一种介于地心说和日心说之间的宇宙结构体系,月球上有一座环形山以他的名字命名。

我可以为年轻人服务。

谦卑、信仰与和平属于你,
山谷寂静的薄雾与河上白色的薄雾。
如果你能看到远处的灯光消失,
告诉我,为什么你需要地球的歌声?

经过思考,我同意他的观点,
我在思考这是为什么,
我还想要谦卑、信仰与和平。

我也希望大地在我脚下绽放,
房子里只剩下满屋的瓷碗,
美元变得比卢布还要少。

我也不想只靠日常食物生活。
而且油价越来越贵,
领袖却依然很年轻。

2015年2月3日

6

森林是黑暗的,天空是黑暗的。
而我在床单下湿漉漉的。
早上通常都很恐怖,
但是你必须睁开眼睛。

但是我们必须快点。
带着你的命运度过一生，
只要你被一根结实的线绑住
带着全世界的悲伤。

当你的悲伤是明亮的
在一条无人走过的小路上。
我们在这里没有得到任何奖励。
因此他让人离开了。

缓和你空虚的渴望。
那是虚荣中的虚荣
不要试图寻求平和。
这个世上没有平和。

2015年2月3日

7

在这里我终于活到头发花白
你知道有多危险吗？
你已经完全没希望了。
操！它充满了力量和意义。

你知道，没有任何修饰，
作为一个淫秽下流的词
在等我们中的任何一个人

而且比一个活生生的人更强壮。

然后体力耗尽,
疯狂地寻找救赎
那些你深爱的人
星期天给你的是谁。

2016年2月20日

8

帕夏①的母亲生下一个人
既不是部长也不是警察
最初是一个正常的人。
但受职业召唤的驱使,
很快就变成一个淫秽的词。
这是永远无法改变的!

熄灭了帕夏的神之火花
专门打击青年的委员会。
然后黄昏时分他长大了
来自一个简单有趣的侏儒
最终以失败告终

---

① 帕夏,来自突厥语系中的pasa,原本是奥斯曼帝国行政系统里的高级官员,通常指总督、将军等高官。帕夏是敬语,相当于英语的"勋爵",汉语中的"大人"。诗中是对官僚主义的讽刺。

蝴蝶和蜻蜓的世界。

他不踏足的地方到处都是废墟，
荒凉的土地，死亡的灵魂
仔细计算着利息。
哪里都不去服役
对他来说一切都是友谊
内多提科姆卡——这个小恶魔。

现在有了重量，
还有两个和这个小恶魔在一起，
放弃坐牢。
白费口舌：
我在这里负责，
我完全有资格
完全的黑暗代表。

2017年7月

9

蔚蓝的大海伸展开来。
无限和渴望。
是快乐还是悲伤
成为一名水手的妻子？

看到白色的波浪后。

知道船上有什么吗?
大海被尊为散文,
而不是人间天堂。

要知道今年夏天,
突然离开码头,
在黑暗与光明之间
狭窄的那个卡在什么地方了吗?

2017年7月

10

我已经走在路的斜坡上,
但是在一个充满罪恶的世界里
每个人都让我长大
年轻而成功。

总是想着卢布,
我们打开天空,
好像它根本就不在地球上
没有痛苦,没有悲伤,没有死亡。

我们戴上鬼面具。
以守财奴和无赖的名义
在彩虹中找到独特颜色
他们找到了不速之客。

什么是孤独和悲伤，
这似乎是在不可磨灭的时代
在这个世界上，它本来就是
完整，多彩，不可分割。

每个人都想要真相和分享，
用同一种血液变成同一个灵魂。
我们的内心被撕裂，
在一起就是爱！

2017年9月27日

11

生命都是成对出现的。
意识到此对每个人依然不够，
我想把它刻在文字上，
但它是从我这里泄漏出来的。

它在鸟的翅膀拍打下敏捷地飞走。
它像一只乌龟穿过裂缝一样溜走。
带走了我爱的人。
地上积满了尘土。

对任何命运都漠不关心，
吞噬一系列偶然事件。
时间承载着整个世界

在最初预定的轨道上。

重复任何数字
在熟悉的圆圈里飞行。
我的另一部分消失了
在初秋的黄色暴风雪中。

这就是为什么我们收到这个信息，
解释究竟发生了什么事，
让每个人都明白宿命的意义，
但对他的双手来说总是难以捉摸。

2017年9月28日

12

我活得像大地上的嫩芽，
捡起对世界不利的东西。
喜欢我手上的工作
仁慈而公义的上帝！

让他立刻回来
潜入无底的天空
真正的劳动天使
他给我带来了盐和面包！

在嘹亮的号角声中，

他把所有的希望都还给了我，
这样我就可以依靠你
在人生的艰难时刻一如既往！

2017年9月28日

13

诗人的房子就像一座修道院，
被困在黑暗的森林里。
只有我的守护者乌鸦在天空中
对我饶有兴趣。

我们是很长时间的朋友和邻居。
作为天庭的看守人，
他在这个星球上生活了一百年，
他祝我温暖而善良。

当所有的朋友都有罪的时候
他们在我面前低头凝视。
只有他和他的乌鸦，
他们对我忠心耿耿。

2017年10月22日

14

人民一起瞻仰纪念碑，
好像他命中注定。
用水泥覆盖的花岗岩，
他自己是有罪的。

好像在等待什么事发生
从痛苦、悲伤和渴望中
它将保存历史，
还有这些碎片。

选择一条特殊道路，
开天辟地的新道路，
他会再次挑起恶意的根源，
就像眼前的纪念碑。

2018年6月8日

15

每个人都知道启动之后，
根据所有自然规律
在一般供应系统中
水是无形的死亡。

默默等待拯救直到
不会在管道中形成泄漏。
水不能在囚禁中生存
就像一篇充满诗意的演讲。

她是潮流的禁欲主义者
隐藏在胸部的压力。
从任何监狱爆裂
他总是会成功的。

如果你看看清澈的水,
试试你那可怜的经历
只有挣脱束缚,
水才能够变活。

2018年6月9日

16

我们想如何清洗语言,
但我们需要更加自私。
记住徒劳,
没有永生。

在世界上没有什么分量,
从嘴唇上飞走,然后消失,
在我们内部没有引起兴趣。

他于是灰溜溜地离开。

2018年6月21日

17

祖父小屋下的土地
在父亲的坟墓里,
你才学会走路时
我把它抱在怀里。

很抱歉我被铲子捅了一下
我是给自己安装一辆可行的马车。
我看见你被钉在十字架上
泪水便夺眶而出。

被尊为第二位母亲。
我将被命运所埋葬
在你身上,
层层叠叠,
在陌生中,
成为永远的你。

我在运行你的程序
出于对你的吸引力。
挖出一个债务的洞,
可能是为自己挖的。

你究竟怎么了,
是什么让你的灵魂放声歌唱,
不仅仅是献词,
甚至献上整个人生也不后悔。

2018年6月21日

18

喷泉被石头环绕,
你的水自然流出
永远倾向于顶端
总是被天命索要。

但是在永恒的流动世界里
地上的水倒下了
形成巨大的瀑布
根据所有的吸引力法则。

我在上帝的大厅里
盲目地模仿水
我努力攀登高峰
我成了最后一滴。
诗人不会消失在永恒的黑暗中。
它仍留在人们的记忆中
揭示地球上的万事万物
简单的一瞥是看不清的。

如果我们一直飞过云层
看看这些轮廓的斑点,
从远处变成他们的生活
不同于常人所理解的。

他现在好像不在你身边,
但即使你是最后一个醉汉,
创造出散发光芒的诗歌,
一本简单的书会改变你的世界。

它就放在桌子上,
现在扮演一个里程碑的角色
对那些迷失在邪恶深处的人,
他的第二次生命是世界的良知。

不要让你的人拿走我的包,
让你们的人民永远自由,
这是来自纯粹的源头。
他将会派遣诗人为耶和华工作。

2018年8月6日

19

我记得你还是个女孩的时候
像一根柔弱的细枝摇晃,
可爱,善良而不是邪恶,

好像轻盈飞翔的小鸟。
似乎在辫子的波浪下,
你将翱翔于大地之上。

我记得你还是个女孩的时候
温柔而脸色苍白
比晴天还要干净,
像美丽的花瓶一样。
胸部就像高加索山起伏,
总对远方的我牵肠挂肚。

我记得你当妈妈的时候
善良,最关心本地的盐,
成为忠诚于荣誉的囚徒。
我被霜雪冰冻,
从远处看着你。

生命远逝,制造噪声,
把灵魂推出体外
进入一个超越镜子的彼岸世界。
这个想法折磨着我——
那个对我们更好的时代。
你没有跟我一起度过。

2018年8月8日

20

别介意坏天气
新娘和新郎。
三十年又三年
我们在一起!

我们没有失去信心
在一个悲伤的世界里,
就像一个老翁和老妪
在海边依偎。

在所有拍卖会上,
即使它已经坏了,
我们坚持原计划
时光如水。

没有美人鱼的帮助,
他们自己独立完成
这成了我们的错误
命运如此。

2018年9月25日

21

主啊,求你赦免我们这许多罪人!

这一点是事先知道的——
自信、勇敢、成功
地球将消失得无影无踪。
虽然他们在很多方面都很幸运，
他们的存在是快乐的，
我们必须面对上帝，
为你们的幸福负责！

2019年5月5日

道别地狱

1

在地狱告别的话语中
每个人都说：我们要离开主人
从第一个到第二十一个
在可怜的乞丐窗帘下
他应该在拼命赚钱，
最终在祖国被接受。
为了一个平静安宁的生活。

很多时候传说是新鲜的，
他泪流满面地离开岗位，
所以至少有人是快乐的，
我带走属于我们的东西，
在桶的底部托付给我们
但他回来了——给自己！

别了，别了，伟大的人！
让你偷的东西快乐起来
你的乐队用三个喉咙吃喝，
要生养众多，直到永远
你们的子孙都不知道忧愁，
痛苦、贫困、宿醉、戒酒

你留给我们的一切——
欢乐无边，无花果叶，三米土地，
我们将在风中去的地方。
别了，我们去那儿继续玩吧！

2019年7月19日

2

你可以听到草的生长。
水库里的水慢慢消退。
四十二号公寓之王
劳累一天下班归来
做出了错误的判断。
随从们害怕地逃走。
小孩子惊声尖叫，
妻子又被他暴打。
大家是什么时候拿到的，
他想喝一大杯啤酒
跟七号公寓的国王一起，
踉踉跄跄去酒吧。

他随时准备扔掉眼泪
在他肮脏的小角落里
事实上只有母亲
他在自己身上看到永生的上帝。

2019年8月13日

3

哦,一个人的身体多么瘦小啊!
看看我们这些依附于地球的人,
把我们提升到天堂的高度
这个世界深陷在邪恶之中。

我的灵魂如同天堂的果实成熟
等待释放,但现在
在她可怕的力量之上
你坚定不移的手。

他因在许多事情的罪孽而受审。
我带着对王位的微弱希望看着。
有一种无法接近的光,
等待我没有跨越的极限。

2019年8月21日

4

忙碌,孩子,忙碌。
好像来自地狱
我心痛不已
大声说滚开!

宝贝,女孩,爪子

一天比一天老。
你能听到的只有——
爸爸,别再打扰我!

我自己也很固执
寒冷刺骨,
如果我妈妈打电话给我
我不会浪费太多的话。
我需要振作起来。
他们在黑暗中呼吸
我们年轻的孙辈。
当他们长大了,
他们会报仇的!

2019年9月23日

5

学校女生穿的衣服
蕾丝和蝴蝶结。
女孩学习动词
她们发号施令。

我这辈子听了很多,
就像你说的:
我就知道!我说!
我叫你走开!

我知道每句话之后
都是理所当然的
几乎立刻意识到,
我是多么微不足道!

因为是为了教化
可以看到它很大
我的意识是什么
显然又不是本意!

2019年9月30日

6

受苦受难的人有福了!
这是我们生活中的盐——
他是永恒善良的始源
它承载着人类的痛苦。

堕落的世界渴望怜悯。
这就是好消息所说的——
在死亡的痛苦中
永生是有希望的。

2019年10月20日

太阳中的黄金鸟

1

进入打开的窗户,
如果你去欣赏美,
太阳中的黄金鸟
他在成都造访我们。

然后开始飞行,
我会给你口述一节
关于中国诗歌,
关于李白和杜甫。

以个人身份解释
用平常的话来说,
如何渡过河流
鲜花正在沐浴。

以弥赛亚的身份出现
为我们带来好消息
关于中国,关于俄国!
还有我们的友谊!

2019年10月30日

2

我二十四小时值班,
我马上要去工作了。
就像狗窝里的狗一样,
我是儿童营看守员。

我和卡卢加离婚了。
光天化日之下分手。
只有两个可靠的朋友,
是原来跟我在一起的。

对抗冷酷伤害,对抗邪恶之眼,
使我的精神不致衰弱,
两条尾巴,四只眼睛,
我的枪口长零点八五米。

反对出售的权力
给我套上挽具
上帝的创造物
但每一个都有四十二颗尖牙。

这说明了很多
如果能抵御暴风雨和雷雨
为了你和上帝

谢里克和巴博①斯站了起来。

2019年11月19日

3

来自世界的溃疡蔓延
我躲在森林小屋里。
现在我在家
诗人在远方!

无限期地
严格隔离,
建立沟通
我每天都跟上帝同在!

我做祈祷,
我点蜡烛。
为了生存的命运,
从炉子底下预言。

2020年4月2日

---

① 谢里克和巴博,是上帝的看门狗。这是一种反讽的用法,代表诗中的英雄一起对抗外部世界。

4

真的是从上面传下来的吗?
到时候怎么办
是被蝙蝠捕获
病毒是他们的主要预言家?!

真的在为一个地方而战吗?
在绚烂的阳光下
在公寓的牢房里
我们被长期软禁
他能让世界疯狂吗?!

我们在它周围建立防御系统,
以一种人性的方式希望如此,
很快会在蘑菇王冠上发生什么
让我们把它从圆圆的头上扯下来!

世界将立即变得清晰。
真理的胜利将会出现。
还有很多模糊的地方
那我们就给他注销吧!

2020年4月13日

世界末日的启示

1

携带着可怕的病毒。
就像一只邪恶眼睛
我在生命的浩瀚中
在很长一段时间里,
我将成为每个人的主角,
无形,专横,任性,
而不是主要的一个——我也是!

无色、无味、易挥发,
我无所不在,我无所不能,
我有足够的力量,
当它在世界范围内广为宣传时
这个复活节假期
我甚至取消了上帝。

每件事都有它的一部分,
我会立刻让生活变得清晰,
什么是人之所以为人
不是朋友和兄弟,
只是一个特殊而直接的痛苦和危险,
就像下面有人对我们说的那样!

到处都会有很多我。
我不是上帝的力量,
我要控告地球部落
在我所有的罪恶中,
我会在选区里腐烂,
还有一个规则的面具
我要分裂这个世界!

2020年5月14日

2

> 人是某种必须被克服的东西
> ——尼采

我愿意按照契约生活,
在净化之火中
只去享受阳光,
但黑暗依然存在于我心中。
如果我们谈论永恒,
寻找合理的谷物:
所有的人类都有一些东西
必须克服!
在这些无形的形式中,
我们生来就是要匹配的,
我将聆听天空中的鸟儿

我将聆听天空中的天使。

2020年5月17日

3

他们说每个时尚达人，
为了跟上时代的步伐，
必须继续戴口罩，
不要对人类同胞打喷嚏。
在接下来的几个星期里，
就像结婚戒指一样，
人性被披上了外衣
你脸上的这块布！
出于责任，
暗示麻烦，
也许她来了很久，
好吧，永远更好！
没有回答，没有问候，
不清楚是什么。
世界上没有光，
它驱散了黑暗。

2020年5月19日

4

铜管里燃起大火
当我翱翔在云端,
上帝,你永远在我心里,
只是我不了解我自己。
我是一个迷茫的灵魂,
多方面都不可理解,
你对自己的一切都很陌生,
只有你才是伟大的!
我在内心私下问你
在教堂舒适的拱门下
告诉我关于自己的事,
就像小时候妈妈做的那样。

说服我必须要善良,
让我相信一个奇迹:
我的灵与肉都不会死
我将永远和你在一起!

2020年6月7日

5

愿上帝保佑人民!
这就是我们对上帝的全部要求,
给我们带来折磨的"新冠"病毒

博尔金的秋季展开!
世界就像普希金一样处于隔离状态,
现在哪里有人报名,
将从它的深处升起
为了自由思想的胜利。

承担起这项艰巨的工作。
你被黑色墨水洗过。
押韵会轻快地流淌!
那只手会伸过去拿那张纸!

2020年6月6日

6

我毫无畏惧地拜访每个人。
在房间里的任何时候,
但是现在通过面具
我忘记了我有多好!

心脏需要空间
好消息会到来,

但今天我就像佐罗①
到处躲避抓捕。

小心邪恶的本性。
我相信我会理解
内在自由的价值
穿过外面的监狱!

2020年6月12日

7

这是夏日无意中传播的病毒
我只想成为一名诗人。
不要播种,不要耕地。
一只生命中的天堂鸟在飞翔。

画眉和山雀的兄弟姐妹,
我们能从自己身上得到什么,
我们是有羽毛的鸟!

---

① 佐罗(Zorro),原本是一个的西班牙语单词,意思为狐狸。美国加利福尼亚州在1850年脱离西班牙的殖民统治加入美国联邦。在此之前,最后一任总督拉弗尔用高压独裁统治对付当地百姓,民众苦不堪言。贵族狄亚哥及用蒙面侠的身份挺身而出对抗暴政,"佐罗的传奇"因此诞生,成为反抗暴政的代名词,后被写入小说并改编为电影

有 叽喳、咕咕、吹口哨的权利!

2020年6月12日

8

想要了解你的存在状况
只是因为你和我们交流过
我们以你的名义杀很多人,
火刑柱上烧死,扔石头砸死。

他们一个接一个地互相挑起麻烦。
既然我们知道存在是软弱的,
我们把水源弄得一团糟
随着我们无形中的流动进入永生。

光明在黑暗中闪耀,但黑暗依然存在。
这是没有理由的——
进入亲爱的心灵王国,
一路上不要选择痛苦的道路。

2020年6月13日

9

我醒着等待着分手。
我的眼睛盯着钟表。

有人从地狱问候我
在黑色夜晚发送!

他到那里去买盐,
越过地球的极限,
他那超自然的痛苦
他想和大家分享。

我确信在四点钟,
早上五点,甚至六点,
毫无疑问世界上存在一些东西
是时候重新安置!

2020年6月27日

10

当你精疲力竭的时候,
它不再是原来的样子,
回到开始的开始,
从最后怯懦的希望,
总结最后的结果,
你心中有上帝!

人类一直无法理解,
他站在一块看不见的窗帘后面。

原来一直是他需要你!
在这雾蒙蒙的生活里
你像个盲人一样在角落里游荡
他一直在你身边!

你不再是世界的宠儿。
你走起路来像一个无声责备的影子。
付出一切去寻找它——
合同中不可缺少的一部分。

2020年6月30日

11

用告别的歌声通知
他已经悲惨地离去,
融化,消解疾病的一年。
无情,艰难前行的一年。

在世界秩序中
你改变了生活方式。
封闭两千又二十年
人类必须要氧气。

为了得到想要的治疗
你走起路来就像穿着囚服
听从上帝的劝告

穿着带穗带的女装?

记住首先是你出现
我们在"乌拉"声中相遇
让它从悲伤中诞生吧
健康和善良的一年!

2020年12月25日

第 2 辑 | 三节诗中的光

三节诗中的光

1

我对生活一无所知,
徘徊在深渊和黑暗之上。
我只测量它的形状
一个普通的人性化步骤。

只有挥手致意的后代
我跟模糊的悲伤牵手。
沿着凸起的边缘行走
进入未知的转动螺旋。

当我在追踪父亲的时候
我会到达最后一个边缘,
然后把指挥棒传给他们
我会找出最后一个秘密。

2

在字体中用水清洗,
用火和铜洗礼
漫不经心地躺在摇篮里
千禧年摇摆不定。

震撼了整个宇宙，
卑微仆人的时代，
没有被苦难玷污
一个活泼响亮的"啊！"

这条路通向哪里？
不用猜测，时间须臾
什么是魔鬼和上帝
把孩子藏在它体内

3

虚无的气息突然袭来
会闭上看不见的嘴唇。
它会发生。难道只是
在这个世界存在深渊？

迅速荒谬地离开，
不是开车，不是步行
从天空的对面向外看
复杂的灯光交相辉映。

庄严而自豪地等待，
在路上迷路，
当灵性开始
它能够再次发芽。

4

这条路根本不通,
你走过后就会伤心,
然后就没那么多。
生命的数目是荒谬
还有耳光上的指纹。

年纪大也不是她的错
将以原因代替结果,
在显示疲劳的皱纹中,
大踏步走向死亡。

这不是她的错,
她被动接受了
我们解决永恒的问题。
谁把我们画得干干净净——
只是画个草图。

5

那是最让人尴尬的一天。
这幅画使人们眼睛悲伤。
时间在皮肤下滴答作响
隐藏着一个可怕的地雷。

总的来说这并不舒服

他们走在大自然的耻辱中
伤痛欲绝的人在流泪
在一个机械的队列中。

因为走错了道路,
他们孤独地躲在围巾里。
每个人都不愿意去知道,
离爆炸还有多久。

6

世界是可怕的,在它的天堂里
这里没有仙鹤,只有山雀。
这是夜间闪烁的窗帘
在所有大屏幕的脸上。

这是淡粉色的想法
在头骨的体积里他无精打采
他们闻到太空中死灰的气味
庭院和街道的空旷。

这里的生命被捕获被玷污,
躺在潮湿的深坑里
习惯性地通过阀门开口
它来自红色细胞。

7

我以毫无知觉的麻木坐着,
我固执地等待:我会说话
从容不迫的精神在蔓延。
可怜的头脑会让你黯然失色。

我确定将再次获得解放。
以一种莫名其妙的简单
一秒钟将被翻译成一个单词,
用针头别在床单上。

上帝的奴隶
神秘的思维方式——
它和灵感的喜悦,
还有一个自愿进入的监狱。

8

人们像往常一样皱眉。
在我弯弯的眉弓下
恶魔看起来如神秘的弗鲁贝尔[①]
情绪不是从这条腿来的。

---

① 米哈伊尔·亚里山大罗维奇·弗鲁贝尔(1856—1910),俄罗斯象征主义画家。他将一种病态的情绪注入艺术中,从而使他的画具有了一种特异的主观色彩,给人如梦如幻的感觉。

一个令人痛苦而充满疑惑的天才，
带着洁白的早晨和淡淡的露珠
你的观点偏离了正轨
我的大部分黑色条纹。

在它上面，跌跌撞撞，
笨拙顽固地沙沙作响
我的影子像一座虚无的雕像
隐藏于无形的灵魂。

9

我的脸就是我的自由
生活在对自己的不满中
和任何恶作剧一起消失
在苍穹寒冷的深渊里。

在这精明算计的时代
我们每天的面包在哪里，
在他顶部的创作中
我赤身裸体尴尬呈现，
很可笑地被剥夺权利。

来自古老的黑暗之风
对造物主顺从的线索。
但这是行不通的，
什么都不能改变。

10

我在这部戏中出现
灰色的尘埃和鲜红的血液。
我被三条轴线贯穿
从只有三根手指的指骨开始。

这里的枪声每分钟都在响,
尊敬一个凡人,
在十字准星上,
有可能变成无穷小。

以一枚硬币估价,
我怎么能不推出一个瘦小的身体,
我不过是个傀儡
在它的主人手上。

11

任一公斤的重量
谦逊地过好生活,
就像一个不平衡的泡沫,
被奴役的灵魂。

从外盖的底面
天空的线。
言外之意

它是用来滑翔的。

他的脸突然亮起来。
在尸体的外壳下
她显得非常尴尬。
天堂的亲情和亲密。

12

他们没有把我靠在墙上，
这是这里的惯例——没有罪恶感。
我正在收拾窗户的窗帘
一个又大又可笑的国家。

我没说到点子上，
因此它被标记一个烙印。
延迟可能会结束
悲伤会无处不在。

如此熟悉，如此可悲
无论你走到哪里，它都延伸到哪里
一条以前没有人走过的路，
边缘压在你的脚下。

13

旧世界的秩序被打破。

抖掉剩下的灰烬，
无限宽广的心灵
我们穿着异国他乡的鞋。

台阶笨拙而摇摇晃晃。
替代骄傲和有名的人
他们留下指纹了吗
被时代的暴力所扭曲。

而那伪装下的灵魂是局促的。
麻木恐惧地等待：
鞋底下会有深渊
这会把她整个吸光。

颓废

1

模糊意识的忠实奴隶,
这显然是个坏因素。
我测量宇宙的速度
为我分配年份的频率。

孤独地跟诚实的人在一起,
因为那根深蒂固的灵魂,
她在一种模糊的忧郁中徘徊,
可悲的是缺少资金。

周围的世界是徒劳的,
他们被判在天上受苦,
黑漆般的乌云遮蔽天空
而我却生活在某个空间。

2

我呆呆地坐到被人遗忘
在公寓中弯曲的椅子上。
在指定的混凝土墙壁上
所有关于内心世界的担忧

我们远离喧嚣和混乱,
从屋顶上方安全覆盖,
约会之间有个可怜的停顿,
用灰色的木板围起来。

古董罩着灰色的包浆
夏天有卫生球的味道
透过半开的窗户
伸手去搜寻月光。

3

所有的俄罗斯人都很疯狂神气。
盎格鲁-撒克逊人能到达哪里
为了这个国家的脾气和习俗,
看起来就像个污点。

那边那位英俊的绅士
和平与荣誉的典范。
但那个狗娘养的躲在他的皮肤下。
他不能一直坐着不动。

为你加油,为我加油,为你加油。
还有我们鲁莽的方式
仍然是个异类
吸墨纸的表面。

瞬间

1

太阳洒下蜂窝状的蜂蜜
直截了当进入贫乏的生活。
我大胆地跑步向前猛推
我的秘密瞬间变成了金色。

在存档列表中输入状态
全名、标志、交叉。
我会变得生机勃勃,
像个海盗一样赢了,
我付不起住宿费。

对于决定性的结局,
我将释放悲伤的影子,
躲在恐怖的绷带后面
与坚硬的骨骼相交。

2

夜晚,诗人在这里拿起一支笔。
一个不愿合作的可怜奴隶,
他会用不同的颜色告诉你

爱情和星星。那里像新的一样!

在竖琴上提取一些声音
在这里毫无用处。看来
这个世界不值得那三十三个仆人①,
写下的那三十三封信。

星星依然神秘地燃烧起来
谁将永远在这里安息。
几个世纪以来的俄语字母表
将使你从尘土中复活。从死里复活。

3

不管你是谁:一个叫喊者,一个哑剧演员
你在某个晚上怀孕的,
显然都是自己虚构的
都是地球上事物的习惯性秩序。

在认为适当的情况下
僵硬地等待结局,
往日在天空中悄悄溜走
这是年轻的特征。

---

① 三十三个仆人,指俄文三十三个字母,包括十个元音,二十一个辅音,两个无音符号。

不管你是谁
享受一个短暂的时刻，荣耀未来
不要把它赶走
失踪事件证实了这一事实！

4

一把铜器，一条铜带
挖掘地球的热量。
被董事会坚决击落，
灯光在远处渐渐消失。

每次都是这样周而复始
以上帝的手指为标志。
乌鸦在天空中呱呱叫，
影子像十字架一样倒下。

在一个被黑夜溅落的世界里，
蜡烛是在哪里燃尽的，
灵魂沐浴在土壤中，
神经在人世间发痒。

5

猛然把窗帘拉下来。
大雨和黑暗在街上。
他们的外表令人难以忍受。

怀孕的时刻即将到来——
这令人失望的秋天。

是时候发表简单易懂的演讲,
被遗忘的真理诞生。
地面上布满了色斑
从树上撕下的叶子。

躺在枯萎的寒意中,
除了无聊还是无聊,
我颤抖地期待
将面粉和起来。

6

所以我活着,我看着两者,
在存在的中间,
顶部——太阳散射,
底部——黑土弥漫。

带来不速之客
进入随机路径的世界。
左边是交叉骨,
右边是头盖骨。

我出示一张损失发票,
我擦去额头上的汗水。

看起来像头愤怒的野兽
盯着诅咒的命运。

第 3 辑 | 另一本书的镜像

另一本书的镜像

1

没有马具,就没有马。
呢绒布打的补丁。
眼睁睁地看看我——
我是无辜的和有罪的。

我要脱下帽子。
狗在吠叫,风在吹哨。
我和你一样,
抢劫和行乞。

我已经疯狂很久。
你得到什么?还剩下什么?
只有一根木棍和一个包袱,
施舍与怜悯。

强烈谴责谣言。
在饱经风霜的皮肤下
我和你一样。
我也是!我也是!

教堂的墓地夜幕降临。

唱歌的老太太会抽泣。
我伸展在星空之间
从脚跟到头顶。

上帝之火的火花
一闪而过,不再可见。
眼睁睁地看看我。
看看这个!看看这个!

人类军队睡在地上。
门吱吱作响,狗呜呜乱叫。
骨头能撑起来吗?
天空中十二星座升起。

2

灰暗的夜晚。邪恶的东西。
也许是用一把任性的刷子
让我们画些东西,
这样就不会那么疼痛。

已经过去一年,
用绳子走路很痛苦。
也许这还不够,
我能在那幅画里找到它吗?

外面在下着雨。

雷声像机场的隆隆声。
那里可能很好,
可能每个人都在家里。

没有什么比草更香。
天空晴朗,黄金镶嵌。
这场景适用于你,
他们喜欢拜伦和李斯特。

晚上一起去参加舞会
他们乘坐崭新的马车。
客人们优雅地进入大厅——
都穿着优雅的晚礼服。

在一群猎犬中,
在雪堆里打猎
祖先的影子在飞翔,
没有提到后代。

别忘了,别睡着。
为了你自己,不是为了艺术
让我们画些东西,
这样它就不会那么空洞。

3

烤箱上的土布衬衫,

小木屋的生活方式。
哦，你，莫诺马克的王冠！
哦，你！
哇，你！
哎，天哪！

啊，你错过广场了吗？
啊，为了为自己赎罪？
等一下，他的衬衫掉下来
所有疯狂的公鸡扑来。

在去父亲家的路上，
在一条直线上行驶
我们斗志昂扬
他们的帆布包

我是连队的一员
小号吹战争之歌，
所有笔记都搞混，
命运也同样搞混。

随着流浪汉的轻快脚步，
它进入了梦乡讨债
我要去敌人的营地，
从我腿上摔了下来。

我们来了。在东方

王冠异常沉重。
我们前面有三条路,
总有一个终点。

这是一个纯粹的校场
数量惊人的军队行进。
哦,你,莫诺马克的帽子,
你很沉重,你很沉重。

4

这是一场猛烈的寒冷
一个无根灾祸的世界。
这里不需要我,这里不需要我
一千个白天和黑夜。

突发奇想是无法承受的负担,
我会挡着别人的路。
在这里我非常糟糕,
上帝,上帝,原谅我!

我想做什么?
就在阳光下?
他们不需要我在这里
几千年,几千年。

我秘密伪造旅行,

但原告不会回应——
谁在荒芜的路上,
牵着我的缰绳?

混乱精神的境界。
我在头晕目眩。
谁坚持在耳边,
说些疯狂的话?

大风肆虐。道路泥泞。
过去被三分之一的人困住,
我今天应该哭泣,
我希望现在已经死去。

但没有达到极限,
然后声音在呼唤。
凡人的身体会发光,
眼泪会慢慢流干。

5

有点像罐装的喉咙,
不要让一切都是同样!
我想要一些伏特加,
其余的是绿色的野草。

在上帝赐予的道路上,

在被诅咒的山谷里
走进去做什么？为什么？
我是这样那样的灵魂。

风在旷野中吹拂。
云彩笼罩着天空。
什么是意志，什么是束缚？
千篇一律的死亡。

科西切耶夫①一家不会破产
在一个隐藏着目的的世界里。
绿色巨蛇的王国
他向他脸上喷火。

这里不能进坟墓，
直到最后一口气。
克服令人陶醉的力量
傻瓜伊万的孙子。

沼泽地的阳光照耀着大地
它又把你引入歧途。
拿着爱情药水的人
血是风情万种的。

---

① 科西切耶夫，指斯拉夫神话中"不死之神"科西切（Koschei the Deathless），他以不死闻名。尽管关于他的外貌鲜有记录，但在传说中科西切经常被描述为形象丑陋，并且喜欢赤身骑着他的魔马翻越俄罗斯的群山。他曾变化为老人，所以他被称为"变形者"。

我不能离开这里。
一个遥远的地区,
利霍杰伊,巨龙楚多-尤都①
这是我的祖国。

6

我在镜子里看到他,
不相信我的眼睛,
充满大自然的野性,
它看起来像野兽。

再深一点——紫坪铺的流浪者,
森林迷宫在蔓延。
他们在我心中醒来
所有黑暗的本能。

我是一个要求吃喝的人,
我又忘记了说话的声音,
但却如此愿意号啕大哭——
这是多么像人类。

告诉我有多少是不能测量的,

---

① 楚多-尤都(Chudo-Yudo),在俄罗斯民间传说中是一条有多个头的巨龙。他被认为是女巫芭芭雅嘎(BabaYaga)的孩子,或者是女巨人自身的表现。据说他与不死的科西切(Koshchei)是同胞兄妹。

我不能够得到自由,
只要我是那个毛茸茸的野兽,
随时都会释放饥饿。

不耐烦地咧嘴一笑
我把音符挤出来。
然后我主持仪式
宣布狩猎开始。

动物意识的大使,
狼坑中的奴隶,
我一定会坚持
像我一样活着。

某一天,某一年,
少一点或多一点,
我会像这样被吃掉
同样是饥肠辘辘。

7

黑暗中兴奋的女祭司,
把你肩上的彩色披肩脱掉,
请告诉我那一笔钱在哪儿
关于道路,关于悲伤。

告诉我们短缺的情况,

让螺旋线松开。
谁在幕后操纵
把我从路上撞开?

你能够? 你能够? ?
听到时钟嘀嗒作响——
这是我的生命即将逝去,
就像在镰刀下摆动。

在本世纪末的辉煌时刻
在这里他们一起发挥作用
两个正常人——
女王和国王。

打开秘密之门的正确钥匙
正在慢慢做准备。
他们心里想的是什么?
也许这毕竟是爱。

如果不是这样,那么严格地说
不要妄下断言,只说一次谎言。
给他们一点快乐:
就一会儿,一个小时。

今天就这样结束,
我觉得胸口发闷。
你在甲板上找到我,

一定要找到它。

1992年

第 4 辑 | 漫游手记

拉文纳

在我们离开之前,记住,莉娜①,
他们的声音听起来多么美妙:
里米尼,佛罗伦萨,拉文纳
人类精神的声音。

我不是一个真正的西方崇拜者,
但是我不在祖国
这成了一个不适合公开的话题,
谈论生活的机会。

我可以在照片前哭泣。
我承认我没有发过誓
一定不要太爱西方,
有利于任性的东方。

我不认为自己是耻辱的。
在但丁墓前摘下你的帽子,
繁复的花式装饰的庙宇
阅读古老的插图本书籍。

---

① 莉娜(Lena),是诗人瓦迪姆的妻子,全名是艾莉娜·特里金,爱称莉娜,简称E.T.,后面多次在诗中出现。

我一直在别人的路上徘徊，
酒店、别墅和公寓，
要明白人都是在神之下
被一个单一的世界所玷污。

2008年9月24日

威尼斯

我看到一座美丽绝伦的城市。
踩着长满贝壳的高跷,
跟天空、巨石、海水交织在一起
威尼斯博物馆的玩具,
充满了幽灵般的奇迹。
海浪轻轻拍打着防波堤。
大运河中的河水在翻腾,
蜷缩在里亚尔托桥下
蜿蜒成拉丁字母S形。

此处减少一小部分空间
被每一个拱门永远封闭。
圣马可广场上鸽子飞翔
实际上一切都是允许的,
就像在他们之后就不会有马可。
有刚朵拉在海峡间疾驰。
使生命的欢乐不致凋谢,
指甲大小的世界闪闪发光。
我在那里发现一股俄罗斯精神的气息。

我当时在那里感觉,现在在我的血液里
有满满的水元素在滴灌。
威尼斯是为爱而创造的。

它不适合无聊的日常生活。
这与冲突、仇恨和愤怒格格不入。
而我和莉娜——我们重新焕发了青春，
游荡在蜿蜒狭窄的街道上
流浪了很长时间，自从俄罗斯出生
我们由一头威尼斯狮守卫着。

            2008年9月23日

佛罗伦萨

佛罗伦萨在狂飙突进
这些雕塑,数不胜数。
它们比种植的树还多:
在人行道上长出地面
还有大理石叶子的惊喜
侵占时间的游客在游荡。

游客就像一条永远流淌的河流,
都卷入了它的巨大漩涡中,
漫不经心地穿过街道和广场。
他对这个故事有私人的描述:
每个人都会死,但是他不会死。
他相信永远活在这个世界上。

这里的一切都是给游客的:
令他们高兴的阿诺河流淌着,
到他们的钱包里去拿产品。
但我们今天不是在谈论它们。
佛罗伦萨是一座万圣之城
还有一座石头做的纪念碑。

在中世纪,任何母亲
孩子能被说教出卖吗,

在艺术中发现了伟大。
为他服务是唯一的工作
这些后代,这些机构
我们无法想象没有美第奇①的名字。

门徒们从这里出发到世界各地
壮举和高升对他们来说易如反掌。
这充满了创造性的激情岁月。
这里的痕迹印在文字和画布上
往日岁月的英雄故事:
米开朗基罗,达·芬奇,但丁。

2008年9月25日

---

① 美第奇(Medici),是佛罗伦萨15世纪至18世纪中期在欧洲拥有强大势力的名门望族。意大利文艺复兴的心脏是佛罗伦萨,那些最为人熟知的艺术家,比如米开朗基罗、达·芬奇、但丁等,大多与这座城市有着密切的联系。

漫游手记

1

在太阳炙烤的天空下——
顽固、热情、红发,
我是中国人,我是马其顿人,
布拉迪斯拉发和巴黎。

生活是一条狭窄的沟壑,
试图让世界变得更富有,
我无论在何处都是俄罗斯人
他不得不这样做。

我知道这个世界并不完美,
但是想到死亡的时刻,
我是一个多国漫游者,
在它的一个自然种族中。

我想成为一个模范的儿子
同时去我的每一个祖国,
我渴望成为一名基督徒,
因此每个人的特性都有一点。

2003年6月5日

2

休息日即将到来——
不要与他人相比——
我真是个暴徒。
我有一个名字。

即使是为了国家荣誉
脱下最后一条裤子,
在滚沸的水下加油,
你不能把这个名字拿走。

在一群迁徙的羊群中
我要去中国。
这就是浪潮——
让诗人们愤怒去吧。

我们就是这样做的。
在扭曲的云层之中,
无论如何我会原谅他们的。
他们不了解中国。

2000年

3

多年岁月匆匆而过。

这仍然是时间问题。
享受最简单的事情。
看太阳在早晨升起。

这两者都不能取代
黎明前在地面上的平静,
这种如鸟发出的啁啾声
河上有一层乳白色的薄雾。

让我们和你一起读
欢乐之书,悲伤之书,
看看雾气中的远东。
看它在光线中嬉戏般升起来
这光线正反射在胸部,
跟天堂的预感相混淆,
就像你的生活就在前方。

2008年7月7日

4

总有一天我们会和你一起离开,
我们将把地球的外壳送回地球,
对于子孙后代,就像这里一样,只有我们两个人
让我们永远活在这条线上。

谁注定要这么做——

为你的命运而创造你的名字,
这张表上列出的,
就像埃琳娜和瓦迪姆的故事。

生活在书页里是多么美好
这些辅音字母一致
元音字母也同样,从A到Я①
作为人,他们与我们是相同的。

我们将是俄语字母表的故乡。
如果出版商不是太懒,
永远没有人能够分开,
只要有一个读者还活着。

2008年7月9日

---

① 俄文三十三个字母中,A是第一个,Я是最后一个。

第 5 辑 | 多边形

多边形

1

它像蜂鸣器一样持续发痒,
这不是梦,而是现实
我死定了!也许没死,
我一直就是这样生活的。

在秘密比例尺的地图上
和平骑士团总参谋部
骑士团一位谦逊的天才
他很久以前就被判刑。

在这里他在模糊的遐想中。
创造性的黑暗是无底的。
在战斗中承受痛苦,
在自由中解放思想。

铅笔环绕着多汁的水
熊熊燃烧的大火蔓延。
在缺席的情况下无意地
用铅笔猛然戳我。

军事进步的顶峰,

让我自己祈祷
我屈服于比例
星星会安静地坐下来。

2

坐落在大草原上。
围绕着广阔与和平。
空间就在拐角处,
到首都还有很长的路。

按时钟前进的人
准备为国家战斗
在天空中钻出洞窟
为未来的战争制订计划。

如果你真的想,
优秀的指挥官
他们要长期监视,
上帝隐藏的世界。

穿着盛装出行
我看到我们在保卫地球。
他是如何用剑切割地球,
我的金刚小天使。

铁做的天使在飞行

金属的风暴在追踪,
它在传送什么尺寸
在正义的天平上?

1990年

草原上的春天与乡愁

1

地球在哪里突然醒来
一英里外可以听到
脚步声、沙沙声和叹息声,
风在空虚的寂静中播种,
地平线浮现天空的脸颊,
树影从何处凸出
在赤裸裸的孤寂中,
人们被钉死在十字架上。
郁金香来自一群正方形中的正方形
它们成群结队地出来,
就像黄色的小鸡。
小溪冲刷着深坑的清新
看起来像死去的眼睛,
星光闪烁的鳞片发光,
在最高的天堂裹尸布上。

哦,父啊,求你怜悯,求你拯救;
从草原气息中醒来
带我从俄罗斯出发
在满月中拆除沙路!

哦，父啊，不要沉默，不要沉寂
当你的儿子在不公正的耻辱中
被遗忘在焦灼草原的羽毛床上，
像一个有百年历史的植物标本馆一样干涸。

2

东边郁郁葱葱的地方有一盏灯，
照亮半个世界
灯光亮了，月亮便灭了
厚厚的石蜡出现。

黎明醒来，静谧冷清
你会亲眼看到：
露珠挂在黎明的辫子上。
晚上衣冠不整。

在世界的窗台下，
在炎热的太阳下，
融化的懒惰
像多米诺骨牌一样匆忙奔跑，
肿胀的阴影。

1988年

宇航员

苍穹之上的轨道空间站正在追踪
大地之上是永恒的,秘密的存在
在里面一个善良守法的宇航员:
衣着得体,很勤勉,不喝酒。

传闻,周围正在发生
恶劣天气的一个严重而隐藏的原因。
这里被空气与椅子隔开,
无忧无虑地看着雨落下。

梦中的故乡正在被描绘
一个超自然状态的幸福,
通过失重的元素实现,
直接而完全地融合在一起。

最重要的是这很有趣——
在我们头上转来转去
它浮在水面上,仿佛没有实体,
现世活着的人,而不是来世,是阴郁的灵魂。

在飞行的钢铁机器中
摆脱了世界的偏见,
他同情远方的同胞

穿着地球引力的衣服。

在深思熟虑世界的问题，
为了寻找最终的答案，
他明白：孤独的星球——
从过去开始被毁灭的灵魂。

1989年

道别

离开。在我们眼前融化
蜥蜴戏弄的边缘,
沙尘飞转成石柱
哈萨克牧人在驴背上如同首领。

尽管我们被围困
在深秋路人脚后跟的水坑里,
四月在我脑海里回荡
期待已久的贵客。

小小的家园,波尼克
没有你在徘徊和怀疑。
但你谦卑的脸隐约可见
他的预言很快就会复活。

喇叭向你不断地呼喊!
俄罗斯的广阔唤醒人的心,
在那里自由的风将带给我
油漆盘子上的面包和盐。

1990年

太空港

1

我清楚地记得哈萨克斯坦的荒凉,
孤独的回声,罕见的影子,一个未来愿景
年轻的生命,火星的阶层,一个军事部族,
耐心地在沙滩上获得秘籍。

白天刺眼的阳光也从屋顶照射进来,
黄色寂静的尘土侵蚀着所有的道路。
无言的星辰和神圣的国度越来越近,
在它下面先知们仍在寻找六翼天使。

无休止的劳动是不眠的努力的结果
被人的命运所吸引,笨拙而盲目
投掷回金属太空漫游者的脸,
为无底天空的秘密工艺着迷。

他痛苦地等待着,但直到最后期限才会平静
在上苍和黄雾笼罩的广阔草原上。
只有地球会因为他个人的黄金而颤抖
编织的火焰将流入来世。

在蚂蚁形状的大地上覆盖着一层尘土飞扬的雪堆,

被死亡星座的霓虹灯突然驱散,
他将被一个敞开的黑暗之箱淹没,
冰冷的沉默中永远没有消息。

我清楚地记得公寓里的那个人。
信封上的拍打声因阅读而消失
来自遥远的希望是关于世界的空想,
遥远的森林,关于意义,关于不朽

一个被囚禁了一段时间的灵魂完全被简化
一系列共同的艰难困苦和复杂条件,
在一开始,肉体、大风和服务融合在一起,
在押韵的词语上与其他词语不同。

这片土地像圣城一样吸引所有的力量,
狂热的朝圣者徒劳地追逐恶魔,
寻找那个人的过程有着无限的相似性
在未知的钢铁空间慢慢地飞行。

1990年

2

在寒冷的夜晚我做梦,
我又来到战场上,
我不是被目击者带走,
受害者正在服役。

乌鸦在地狱飞过，
等待指定的时间。
地球被一个贝壳掏空
然后把肉放进去。

剧院里的一切都顺理成章
军事行动。死亡天使
重新写下目标地址
在一个未寄出的信封上。

好战的异教徒
丝毫不会让步，
他们将按计划在奋斗中死去
转变成爱国者。

但我能认出他凹陷的脸
令人痛苦的熟悉的特征。
我把毯子拉起来
更紧。我要去地下。

1991年

军事领袖

1

在如此麻烦的时代,我呼吸空气
飞机残骸上的粉末被灌注
在哨兵的力量中我指挥着
后人的军事情绪蔓延。

不存在先生①是兼职指挥官,
我照例教:一个活生生的身体是一个生命
瞄准学校地图上的世界
用机枪指着视线的缝隙。

指定的优秀训练团队
在一个共同的分母之下变得脸红。
我的学生被计算在内——
他们的功绩被埋藏在潮湿的土壤里

1990年

2

在我的国家,史诗般的巨蛇已经扎根,

---

① 不存在先生(Non-existence),是作者虚构的人物。

巨蛇有三个让人麻烦的头,我不希望敌人也如此。
我尽我所能生活在其中,意味着我所拥有的一切。
在我死之前我不能再拥有一个国家。

你将从十字路口走到远方的任何地方
躺在一个悲伤的命运不安的凝视之中。
铅色的鳞片无情地闪烁着巨龙的光芒,
坐在每个边境哨所之上。

他看着我,脖子都鼓了起来。
等待结局,贪婪从口中蒸发。
我巨大的力量奔向不死的恶魔科西切,
从青春到老年:一个胸前的树枝上断断续续的幸运。

而且很长一段时间那些密集的谣言都不是真的,
这就是我在克拉丹茨剑上寻找的那只手的重点。
不是为了一场战场上的战斗,而是一次简单的针头折断
我们的生活走到了一起——他在那一端,我在这一端。

1989年

3

一位非常了解教育工作的老师,
在年轻后代和古板老爷的传承之间!
从秋天召开的第一个文集研讨会开始
夏季从今天早晨移到昨天午夜。

倾盆大雨不停地敲打着屋顶
而对于长途运输的动力
一年中的某个时间都是好的视觉助手，
反映在死亡的悲伤过程中。

这个球把太阳晒得黝黑，
在蓝色的内部，被云彩包围
越来越少出现。而地球宠物
在一个活生生的学习例子中咀嚼秋天的忧郁。

存在的一般程序的任意特殊性
即使是面对最全面的优秀学生
就像一个背道而来的人在一座古庙的废墟上，
不可避免地陷入严重的混乱和异端。

1990年

记忆

你将被记住,也许以后。
跟从前的偶像会混淆,
当你成为一个压缩的过去
在古代世界的页面上。

他们会说:无论是在波普艺术时代,
(或之前)在凯瑟琳的法庭上,
(或之后)光荣的帝国卫队中
他操作机器的钢结构。

他叫什么名字?留声机坏了
唱着关于可怜的骠骑兵的歌。
一个俄国男孩,加加林①中尉,
和他一起在同一个中队服役。

同学们(西点军校)。
他跟踪了加加林的踪迹
进入地球轨道,但等等!
他只是个默默无闻的诗人。

---

① 加加林(Yuri Alekseyevich Gagarin),苏联航天员,苏联红军飞行员,是第一个进入太空的人,也是第一个从太空中看到地球全貌的人,在进入太空时他是中尉军衔,后来升为上校。

写下（哦，吹牛！）也许，
与以前的偶像混淆，
他将在过去被铭记
根据《古代世界》的教科书。

1990年

一个时代的终结

疯狂无处不在。
在这样的警卫监护下
从你自己打开,
对于传统世界的牢笼。

废弃的可居住房屋
延期期间的地方。
在哪里匆忙地生存
我们的旧贝壳中。

1990年

第 6 辑 | 透明的时间

透明的时间

回到你自己。有趣的游戏:
闭上眼睛去感觉某种激动,
假设永恒是一层薄雾,
仔细地塞在眼睑之下。

去辨别他就像去辨别语言
在堵塞的天空之河中,
一个人在黑暗中勤奋地提取
失踪的另外半个世界。

1992年

上帝的仆人

1

为什么上帝要潜心去塑造我,
给我注入疯狂和勇气的精神
为了得到他优美的肖像?
我是他看不见的墨水标志。
我只是一张纸上的文字,
我的存在便是痛苦本身。

这样的命运一点也不奇怪:
从征服到征服一代代前进
这家人忍着痛苦带来档案。
但在空虚中他在想什么,
追逐创造的一天
一些未知的目标,

当我对自己说:"就这样吧!
在整个地球上,仍然天真的狂野,
在鱼鳍、尖牙和爪子的生命中
无中生有,从尘土中长出谷粒,
主啊,在这里永远生活和统治!
上帝的仆人,要生养众多!

我是上帝的仆人，一个邪恶的人，
我在黑色的天空中看到一点
看起来更像一颗星星。
所有这些天，我分配的世纪
我在一个人走。
我在胡言乱语。

离开，永远离开这里——
我的欲望是不可能的，
不要从疲惫的肩膀上卸下致命的罪恶。
一颗星星在燃烧。伊甸园在远处招手。
在天堂之门小天使的右手中
他紧握着从上面转下来的剑。

1991年

2

我每走一步都是困难重重
我生活在被禁止的自由中——
大自然的六种性质
在当代都非常孤单

我故意用苍白的额头打他，
我绕着守卫森严的深渊走。
我不知道接下来会发生什么，
但我知道我也会消失。

我在这里是现实,但是又一无所知
代表遥远的部落,
谁在黑暗中不飞翔,不奔跑,
不是老人,不是青年,不是婴儿。

系好纽扣的外衣下面
它生活在一个看不见的环境中
无形的,伟大的,
没有比我更接近他的。

时间吸引了我的外表和风格,
但着眼于地方层面。
也许是路边的灰尘
我对自己也一无所知。

1991年

3

由内而外的辐射世界。
无论你看到哪里,
夜幕笼罩在天空中
日落和黎明结束。

无法穿透的黑暗
她把火挂在窗户上,
仿佛透明的时间

一只大手遮住了它。

天堂的拱门是封闭的。
但现在这条路微微打开——
第四维度①的自由世界
在前额的杯子下盘旋。

倾斜的线条在穿插
冻结在白色床单上。
艺术家,你只是夜晚的一部分,
需要一颗遥远的星星。

喉头发出强有力的呼唤,
自然排列的队伍延伸。
艺术家,你只是世界的一部分,
一切都只在准备中。

顺从于一种模糊的声音,
你创造了另一个世界。
多么幸福的折磨,
关注游戏的结果!

1991年

---

① 第四维度,指长、宽、高外的第四个维度——时间。

4

参加提前召开的会议,
徘徊在街道和星空之间,
找到语言的花序,
其意图显然并不简单。

你盲目地服从他,
你被险恶的命运打败。
也许是无底洞的天空
再次跟你分享。

也许她是从那里来的
最细微的易碎的线团,
通过惩罚上帝的仁慈来惩罚你
在白纸上永远保存。

或者在细胞的维度上,
其本质是原始纯净的,
遥远的祖先在投资
你的声音进入这些嘴唇。

在漆黑夜晚闲暇的时候,
你已经深入意识的荒野,
当你惊恐地听到它时会醒来
丛林上空响起一声尖刻喊叫。

我想要一个狂野的童年,
上天响应,不能更改:
因为你自己的不完美
像狼一样阴沉地嚎叫。

1991年

5

我想通过一条线的简单帮助,
放下荒谬的招牌、笔画和钩子,
当可怕的力量引导我穿过迷宫。
我想告诉你我内心世界的现在和过去。

将罪恶货物的中心弯曲到地面,
在那里我不让我的伯爵被流放,在耶稣之后,
在那里我没有看到另一个日落,另一个黎明,
我生活在光明与黑暗之间,黑暗与光明之间。

我立刻站起来看到死神。
我身上的胎记就像奖牌一样,
他肩上挂着苍穹,嘴边挂着笨拙的话。
谁在远处徘徊?这是地球上的一把尘土。

寻找脚底的泥土,记住一个被遗忘的名字——
是他,是我,用两个逗号框起来。
从伟大的爱到无限的渴望和悲伤——

这就是他,这就是我,这就是最初统治的一切。

在黑色的泥地里,星星站着,眼睛模糊。
时间用疲惫的手摇晃着婴儿的摇篮。
他大声呼喊,沉默下来,从额头下望着那颗星。
他可怜地皱起了脸,星星又重复了一遍。

1991年

6

国王摧毁了圣殿的伟大
并在三天内重新创建它!
在人类的尖叫和垃圾中:
"哦,我的上帝,你为什么要抛弃我?!"

你大声喊叫,加快了结局。
很快阴霾便消失殆尽
十字架的影子掠过眼睑,
带着难以磨灭的悲哀的颧骨。
他们祈祷,他们受苦,
他们将得到百倍的回报!

愿奥娜的祈祷永不再停留
他们将成为一个秘密希望
在神明面前低头,窗户里的一盏灯。
永恒的声音也在蓬勃发展。

肉体饥饿,灵魂叹息。
哦,我的天啊!好吧,就像以前一样。
公鸡将把空间分成三部分。

它将被繁衍生息三倍以上
前天晚上彼得口中高声发出的放弃的嗡嗡声,
将像从桶里倒出一样倾泻到子孙后代身上。

但我们会惊讶地史无前例地看着你
暮光的下巴全部张开。
然后我们会在自己身上画三次十字。
谢天谢地,我还活着。

1989年

7

面罩上的铃铛响起。
在黑暗中没有名字也没有姓氏
灵魂痛苦地攥在拳头里
王后的故事开始。

不要让她突然哭出来,
质量源于数量,质量源于数量
对任何人来说都是不必要的折磨
带着陛下的耐心。

灵魂在拳头里呻吟。
尾巴放不进他的手掌，
就像炉下悲伤的蟋蟀
如果一个不速之客尖叫。

手指突然直接松开，
暴露叛逆的青春期。
一个情妇走进夜幕，
王后的孤独是最重要的。

家里的孩子在嗡嗡声中哭泣
嫉妒走到那个人身边
角落里的铲子和扫帚
国王陛下尘土飞扬的王国。

1988年

8

天空中有一个疯子，
在齐膝深的月晕中。
倚靠不平衡中
他的隐形翅膀。

在太空垃圾中，
他找不到一条容易走的路，
他在感激涕零

在坠落的黑暗中持续徘徊。

有一个梦游者在房间里四处走动
闪动着超现实主义。
他看起来非常奇怪,
但在那里他被认为是正常的。

在他下面是疯狂的星球
正在疯狂地旋转数公里。
黑夜会干涸,光速会加快
会使内部再次靠近它。

由未知的山谷拖动
他会如夜幕降临般回来
翻越愤怒的深渊
进入魔法召唤的力量。

1989年

9

我手表上的指针把我划破。
但是为了什么?我有什么用?
我也用两条腿走路,
在这个框架内,它也不是免费的。

我用肩膀支撑着谁,

我要想象他,让他大欢喜。
每个人都像动物一样思考,什么都不想
看在上帝的分上,他们得到食物。

因此向主人索取生活和需求
一场像样的演出和面包。
然后看看灰色的天空。
然后睡觉,然后死去
荒谬之光闪过

这是人们期待已久的一步,
千禧年在漆黑中来临。
其他时日是什么时候
他们会把我从短暂的生命中带走吗?

我的地球轨道在引领
一触即发的虚无游戏。
这个简单的"我"是
担心整个宇宙?

智慧和罪恶有什么区别,
这些特征会保留在花岗岩中吗?
黑夜会像幕布一样降临。
是我讲"再见"的时候

1992年

纪念碑

1

我为自己竖立一座特别的纪念碑。
因为一行破碎的模糊名字
欧洲东部边缘如弧线划过
他顺从地充当一个崇拜者。

带着防火保险箱的顽强
保存它敏感的褶皱
当地地形特点显现
记录在学校的笔记本上。

我建造了一座不同的纪念碑
其他的地方都找不到。
这就是为何无人为他欢呼鼓掌,
不收集令人难忘的照片。

克服痛苦的无声力量,
伸手进入另一个世界
他体现了无形的宣传
在半死和死亡之间。

我创造一座纪念碑来给你惊喜

在痛苦的灾难时期。
他将触及大楼的所有弱点——
未受损害的听力的限度。

当我被痛苦折磨的时候,
人类的影子将平和地聚集在一起,
轻风习习吹过广袤大陆,
它将在全世界传播演讲片段。

1992年

2

灰白相间的顶部
我们从下面走过。
夜晚。入口大厅。行动迅速
门上的洞忽隐忽现。

如此沉默!如此沉默!
事物消失在蓝色的夜色中,
噩兆在不断地增加
削弱对主人的意义。

突然间似乎是闪电
一闪而过。有人哭泣,
冲向远方。木质地板
无缘无故地怯生生地吱吱作响。

不耐烦地撤离
神殿前的灯盏。
窗外的天使会害怕的
在树枝上打一只鸟。

脱离现实：表格，
轮盘赌运行平稳。
暂停。主持人将宣布：
"你们的赌注，先生们！"

汗水很冷惊悚。
失去了生命！哦，上帝！
上上下下滑梯，
越过悬崖的路。

赢！旁观者抱怨道。
等待自由到来
睡眠非常强烈。
一般来说，什么也没发生。

1991年

3

安静，但要小心
非法的步骤
有人在走路。
黑暗的过去

夜晚站在窗框里。

在闲散和懒惰中
俄罗斯中部半黑暗
你坐着——一个疲惫的囚犯
一个只有一间房的监狱。

一份无价的礼物,一份深沉的礼物,
给您一份美妙的礼物:
话语有一半是暗示
就像一个神秘的雷达。

神圣是创造性的纽带。
在一个弯曲的背后
缪斯女神忠实地飞翔
高电压的弧形拱起。

转变在慢慢生长,
精神大众的播种者
聚乙烯的世界
混凝土的公路。

你想要什么,囚徒
在一个溃烂的星球上,
语言是无比理性的。
正义的动词要燃烧?

1990年

英雄不是第一计划

在任何小说的书页上,
在世界上无尽悲伤的地方,
因为英雄并不是第一计划
这个故事里没有足够的句子。

比如说在人行道上——或者在任何地方
为防止冰冷的降水增加
一辆马车冲向集合地点,
他站在她的身后。

假设他们要求订货。
枪战。火焰。他摔倒在他的大衣上。
他不是那个主动接受挑战的人。
他不是在决斗中死去的那个人。

他一直在等待,希望出现奇迹。
突然间故事的界限被打破,
他生气了,你听到"法庭……
你就在附近……"这句话没有说完。

厄运——所有的命运,似乎都是故意的,
比湖面还安静。哦,上帝!

它不是那么被遗弃的,不是那样的。
他想,他会梦想,但依然是那样……

1991年

黑色的猫

1

穿过道路的主要方向,
轻松巧妙地围着路人,
警报的信使冒失地驶过
在黑色的身心条件下。

在门口角落靠近黑暗的凉亭
留下毛茸茸的黑猫爪子垫
国际象棋方阵的模糊印象,
像道路颠簸一样焦躁不安。

坏消息的征兆已经到来
无休无止地羞辱和庆祝都是懦夫的表现:
谁在错误的地方穿越人世,
阅读铭文:"不要站在负担下!"

但他还得走一条很短的路,
在脚下滑动着猫的足迹,
他们仔细斟酌的、含沙射影的、温柔如水的步态
尾巴突出了失败的边缘。

1991

2

酒吧昏暗的灯光渐弱。
在点燃的蜡烛的残根上
熔化的蜡烛在膨胀
黑夜中逝去的时光。

到最后一个边缘有多远?
沿着它的狭长跑道,
不断地猛烈切割你,
手腕上有一块秒表。

狗在某处完全绝望
大声狂吠招惹麻烦。
光线不是从光明中发出的
它们在自然的黑暗中流动。

不要后悔,不要哭泣,
每天都迷失自我。
现在时间正在向西移动
现在通过月亮,现在通过太阳,盲目。

1991年

3

在存在中,在永恒中,在主体中,

就像任何一个化为乌有的人一样，
而我最近路过这里，
留下了清晰的痕迹。

进入我柔软的身体
坚持，挺住，
厚颜无耻地无形地飞了进来
这个星球是智慧生命。

她立刻画了一个圆圈
她仰望天空
然后进棺材
带着灵感继续
一种随机寄生的微生物。

跟我平等地生活在这个世界上
漫不经心，光阴似箭。
在存在中，在永恒中，在主体中
他将在庄严的仪式中继承遗产。

1990年

4

无动于衷地播种，
未知的"从哪里来和到哪里去"
在薄薄的空气中

两条腿在虚无中升起。

凡人共有的盲童,
超越意志的极限
几乎无中生有
我们发出怒吼。

如同一个带着恐惧的启示,
但怀着对命运的感激,
生命得到它应得的,
自己打开去阅读。

来了又粗心,
无情的短命
从一个世纪到另一个世纪
这是它的自然价值。

1990年

5

我不觉得恐怖或痛苦,
当处在半黑暗的交流中时我会流泪
身体上和法律上的。不情愿
我不是每个夜晚都生活在这个世界上。

在临时避难所的停车场,

不知道招手致意的高度。
疲惫的人仍在用力地抽泣,
保持熟悉的特征。

命运指定日期,
从清晨的大门
看看那些竖立的宫殿
从院子的入口进来。

在迷雾和远方之间命名
我仍然是一个忠诚的公民,
而在喜怒无常的东方
红色的橘子不能展开。

从褶皱的垃圾堆捡起,
在永恒的毁灭之光下,
我能在脑后清楚地感觉到
自我的终极缺失

1991年

感觉

1

我早上醒来感觉到魅力
在这种情况下
我擦拭凡人骷髅的下巴
直到它们发光。

通过评估天气条件,
我穿好衣服就走了,
在消费意识的催促下
享受这火热的工作吧。

使人民不挨饿不贫穷,
以科学知识为基础,
感受到世界的责任,
我分发公共产品。

顽皮的,不是茱莉亚,不是穆德斯特维娅,
我回来了,我想睡觉。
伟大的感觉,正义的感觉
我要睡一会儿,然后再上路。

1990年

2

这一天就像一个花盆,
他用鱼肚把窗帘弄皱。
从每个成熟的顶点开始
闷死的柜子下面是石柱
蓬松的尘土和灰色的碎片。

太阳从哪里出来,就在它后面
阴影在追逐,它在追逐中,
它从地平线坠落到顶峰
把苹果拿出来
从白云中望去。

风从草地上刮下来。
当呼吸的气息进入绿色的手掌
他用一片树叶、一个微笑逗弄着人们
披肩从他们头上扯下帽子
消失在蓝色天空中。

这一天很痛苦,但越来越长,越来越暗,
无力地燃烧到核心。
向前推动时钟上的指针,
它像被黄蜂蜇过一样隐隐作痛,
已经肿胀的皱纹。

1990年

奇怪的人

1

普通的过路人在街上
他们像白云一样飘浮。
飞向无人知晓的地方。
在那里可以永远隐身。

有些事情会变成未知
他会说:"吓!所有的脸都很熟悉。"
亚当和夏娃,玛丽和伊凡,
雨滴和尘埃,白云和迷雾。

当然这是一个经过深思熟虑的命令
它会带着沉淀物落在头上,
这将像大雪一样出乎意料
真是个怪人。真是个怪人。

告诉我这丑陋的生活
你为什么如此古怪?
不然你怎么早已在这里?
他回答阴天:"下雨。"

皱眉,威胁,但没有姿态

就我的问题提出建议
为任性的头脑提供食物。
"告诉我,为什么?""因此……"

1991年

2

一切都会非常简单:
在发布年份结束时
年龄会在这个身体里安顿下来
犯了错误,惹了麻烦。

命运会解决宇宙
你的遗传密码——
快速扣除熟悉的标题:
男人,市民,行人。

1990年

3

我肯定我也会死去的。
为了体面他们会哭泣,
成为大陆的一部分
我的遗体将被埋葬。

我会为眼泪的泛滥付出代价,
在骨头上肆意生长
星星的叶子降落
成为宇宙的大风。

而你照样收取费用,
由凡人的身体训练
后悔你放弃的生命
从棺材的块状狭窄来看。

在花园里听音乐。
不要害怕隐藏在你身边
生活在看不见的行列中
那是我埋藏的记忆。

1989年

4

我们独自漫步在人世,
每个人都是孤独的一个人
我们开始唱一首悲伤的歌。
我们活着是为了什么?

让我们呼应别人的圣歌。
我们正在与上帝对话。
灌输大树的观念。

我们活着是为了什么?

举起你的烛台,
上帝,告诉我吧
税吏,酒鬼,罪人
我们活着是为了什么?

光明的监狱是隐藏的
一种不可挽回的罪行。
我们是否应该等待答案——
我们活着是为了什么?

1993年

5

在被诅咒的俄罗斯人的土地上,
拳打脚踢的恶作剧——
悲伤的密码被遵守
敞开着一个病态的灵魂。

在前额区域打上烙印
反复地说:"哦,给她,给她!"
荣誉守则被承诺
前额中了一颗子弹。

在他的告别纪念仪式上

被一种沉闷的忧郁所折磨
俄罗斯宽恕法典,
人类的同情心。

开始俄罗斯人是
在他的祖国被判刑。
没有法律或条款,
不管他在哪里被审判。

1986年

6

明亮的紫色旗帜,
事先不感到内疚,
幸福地闪耀在五个方向
四个边沿自由移动。

全身散发臭气的先驱者
撞倒厚颜无耻的台阶
来自黑洞兵工厂的星星
在重要的裁剪夹克上。

骨头之桥掌握了边界,
盛装颁发奖状和荣誉。
五个尖锐的黑色死胡同
锐利的角落仰望天空。

一颗血红的星星在某处闪烁。
凌驾在耀眼的星状苦艾之上。
你的手拿不到那颗星,
不去穿戴,不要从地板下拿东西。
阿门!

1986年

秋日来信

1

树叶在上面。树叶在我眼中荡漾。
树叶盖住信封上的线条。
一切都已死去。并不是说它臭。
但它们仍然会散发出死亡的气息。

一切都死了。一切结束了。它不见了。
夏天的残余在我的靴子下嘎吱作响。
机翼在空中寻找支撑。
地球只是裸露的阳光。

从悲伤到悲伤,甚至尖叫。
在这里我们放下了装备的最后一个分支。
可能是作为坐标测量仪的射线。
随着时间推移,它们会成为宝物。

我和其他人一样生活。我只是在跑腿。
我在演这出没有标题的戏
在那里我分担了一半的悲伤
秋天金黄,世界金典。

下雨的时候赶去辞职

而且冷到发抖的程度,
我回答了一个问题:"前方是什么?"
我不会自夸,大家也一样。

1992年

2

沙沙声?吱吱声?有人敲门吗?
那里有什么奇怪的生物?
离开,我走出大门。
就在晚上,没人,没人。

我把所有的门关得更紧。
楚!又来了。墙后是不是很奇怪?
也许是血,也许是一颗愚蠢的心
真担心肋骨会敲打。

桌上的一根蜡烛头烧光。
在一个熟悉的小圈子里
我根本不是给你的礼物,
注入一束光线。

我们是伪造的受害者吗——
我们由一个虚假的轴心造成,
我们绕着它,像箭一样飞,
喜欢在一起,但仍然分开。

在斑驳的天空下不安。
多或者少总比一个好。
有人徒劳地与死亡抗争。
你想要什么？没什么，没什么。

　　　　　　　　　　　　1992年

3

半明半暗的光线将超越一天中的沮丧
乌云，坏天气，流淌的日子。
清丽的秋天出现了，这是——没有笑话
鼓动别离，痛苦的眼泪和雨水。

不要误解：这不是一个令人沮丧的时刻
无缘无故的忧郁被吸引
从不幸到不幸，但一段时光在那里
森林和田野燃烧着忧伤的告别和刺眼的骄傲。

不是那样，而是一起：永远无聊到地狱
无聊，加上崇拜。你跪下——
带着在死者面前生存的希望，
朴素之美的超凡状态。

你用一种盲目的错觉来奉承你的思想，
现在你可以清楚地知道将其蜡质特征限制
一个蹩脚的词、一段话、一首诗、一部秘密作品在尘世的虚荣之上建造桥梁。

但他们脚下的深渊每小时都在吸引和招手
腐蚀丑角皮埃罗①的忧郁沮丧
在主人的摊位上无情而专横地，
不知不觉地抹去了笔下的线条。

1991年

---

① 皮埃罗，来自法语Pierrot，是18世纪风行欧洲的意大利即兴喜剧中最具代表性的男性丑角形象。他通常表情哀伤，脸上用粉涂成白色，头上戴着尖顶帽。

初冬

1

寒冷天气即将到来。老妇人停了下来
坐在长椅上——一排空空如也的座位
他们被遗忘的谣言在街头四处传播
他们脚下有粗糙的黄色树叶。

喉咙被一块毛茸茸的破布包着。
雨伞由奥皮亚特家族堆积起来。
树上已经挂满了镀金的号角
在变幻莫测的天空吹奏别离。

汤姆曾经是一个剧团的玛祖卡舞者。
在展示良心和荣誉的地方
胆小的人总是保持沉默
外套下的体温三十六度

还有六个。作为一个有名的日记作者,
敏感士兵的睡眠守护者
精心的水平测量正常!
底层世界的图景是清晰的。

但是没有恒常性,越快越好

当雪第一次落在颤抖的地面上
遮住裸体,寒冷就会超过极限
测量寿命的刻度。

太阳下的彩色世界将到处褪色。
来自世纪深渊莫名其妙的动荡
这个焦虑的门槛上即将下雪,
会在心底褪去。

1991年

2

秋天的悲伤图片:
天空被铅色封住,
树枝是裸露的皱纹
在他焦虑的脸上。

树叶按规律落下
世界的万有引力。
大雨哭泣,仿佛失去王位
非正式的领导者或领导者。

那些接受国家意志的人将会枯萎——
向左向右,反向移动。
来自凄凉天气的泪水
险恶地让他们的人炫耀。

但是从周围的背景来看
(试试吧,救救你自己!)
沿着前几个阶段前行,
盲目地逃避我们的生活。

1990年

3

就像那些有钱人的钱一样无聊。
很高兴地将其与事件相提并论
换一套往日的旧衣服。
只有在晚上你才能离开房子。

在黑暗中游荡的现金的敌人
在黑暗寒冷的夜晚。
他们把东西藏在衣服下面。
鸟类肩部后面的轮廓和阴影。

黑猫是灾难的根源——
挤在管道附近,那里的天空更近,
完成事件的谋划
屋顶上哀怨的小夜曲。

通常快照就是一个快照
这一切都是大自然自己做的,
生动地表达了一个悲伤的时刻

未来的普遍结果。

1990年

4

依然是为了你自己
坐着如画般舒展开来。
在这样阴沉的天气里
在壁炉旁的椅子上。

在一个舒适的大厅里,
在天花板下点燃蜡烛,
喝点烈酒想想聚会:
面纱下的马车风景。

但时间再次难以捉摸。
但其他日子过得很快。
跟他们一起并肩经过
我们是不同的,就像彩色的梦。

我们不会通过蜡烛去发光。
世界是宿命而短暂的。
在所有天堂的回声上
有一个合理的秩序。

1992年

5

时间会到来,到处都是,
其中参考点为屋檐下,
春天的寒冷期会延续
融化冰雪,滴落下来。

挂起的圆盘不会出现故障
我们需要表现出愤怒
雪的光辉定会倾覆
到发黑的沟渠底部。

没必要故意发火
总是对冬天不满,
像勺子一样轻轻搅拌。
在壁炉里用一把弯曲的拨火棍。

前方和后方都很紧迫
如何走出温暖的公寓,
在可靠的服装面料中
内心平静的代价是痛苦。

来吧,疯狂的自由。
只是碰巧经过
从一年中的某个时候开始
它们会在你的脚后跟下嘎吱作响。

1992年

感伤

1

我挥动我的笔
以浪漫的激情,
光束的韵律捆绑
运行的线条卡住。
一道黄色的光线打破
穿过书页,然后
野猪化身在天空中
像乌云一样吃了它
旺季如期到来
向人们送去微笑,
孩子在渔网环绕的院中
像鱼一样游动;
黑色哈欠打开,
呼出门上的霉味,
云害怕坠落
倚靠在树上;
树干中的汁液喷涌
冲向粘粘的圆面包,
到蓬松的毛皮大衣,
指纹已经消失了,
还有发芽的叶子

像耳朵一样垂着,
还有那些风骚的猫
用哭泣骚扰灵魂;
冰雪此时融化了
在恶劣的天气中
河流拍打着河岸
以诗意的配合;
世界越来越接近温暖,
从下蛋开始。
就像玻璃上的钻石,
一只鸟把空气分开。

1988年

2

太阳向西坠落。
粗鲁而匆忙
夜晚过分臃肿,
带梅子色的黑色。

寂静向上流动。
时间冻结了。
鸟的沙沙声
树上的暮色。

蝉鸣把夜晚一分为二。

在帐篷里睡着。
我想变得与众不同
母亲和婴儿被带走。

在善良和友爱的世界里
再次查看该区域,
彩色的复活节后在哪里
基督悄悄地复活。

1992年

第 7 辑 | 被施魔法的流浪者

被施魔法的流浪者

1

面包、饮用水、徒步用的食物
在一个世纪内与所有的事物告别。
是时候进行内部改革,
这么简短的时间,
你需要学习简单,
为你自己的屋顶攒钱,
飞向你的商业明星之梦
并且迅速部署贸易网络。

他们到来了,看不起我们。
他们堵塞过去的漏洞,
在这样的日子,舌头上的肉在哪里
西里尔语不会花一分钱,
一个爱情不逢时的时代,
世界并不需要信仰
俄罗斯诗歌的继子
还有一个身材魁梧的囚犯。

基于上面的原因,
换一件燕尾服、一件破棉袄
让我们按照押韵保持沉默,

时间和九十年代的儿子。
让我们倒一杯百年老酒。
联手新潮流。
不管是什么。
但是它掉了出来。
这一次是我们的。

1998年

2

在不了解任何东西的情况下,
我们顽固地敲打着盘子和桶,
让被毁灭的灵魂成长:
按照标准从王牌到王牌,
根据计划,不要让它更好,但也不要更糟。
我们相信我们能欺骗上天
以鼠标单击的天真质朴——
那么让我们随便看看这张图片,
我们将立即平息暴怒的脾气。
上帝会在我们背后谴责我们。

是时候了,艺术家们,这首歌是不完整的。
让我们像在存钱罐里一样,
把一枚硬币放进地球这个球体里
以一只不存在的手,
然后你被指控有罪,

有一条生活的线条从上面插在肉里。
别闭嘴,跟我说。
在同化的主题里
离开另一个世界,
我们依然在同一个世界里
我们原本是世界的一部分,
这就是它的反面。

1998年

基督的时代

仍然在刺激魔鬼的神经。
事情还没有结束。
而我仍然濒临死亡
通过我父母的手。
我是对自己的谴责——
在镜子光滑的表面上我做梦。
长鼻子的猴子在哪里
我不知道是谁,但我会查出来。
谁不眨一眨粗心的眼睛,
我准备白白决定我的命运。
但在这里一小时一小时地变老,
我第三十三次被标记
在墙上的挂历。

文学依然活着,
虽然它几乎不发光。
里面是我的漫画
每个人都在寻找合适的词语,
珍惜荣誉的思想。
所以我很快就要
看它薄薄的封面。
是时候让我变得更聪明——
不是有着年轻声音的年轻人,

命运带来了不确定性,
带着一个愚蠢的问题进入这个世界。
是我做肥料的时候了。
家族和你自己。

但是,感谢上帝,
这份礼物是偶然的
我根本用不完。
原作就是成熟作品
令人印象深刻的结果
还不是最后的判决——
爱,童心,作品,
你想把这一年链接到哪里
俄语分词在不断转换。
但现在是我们可以找到的时间
大火的不朽之光,
我们把痛苦的经历拖到哪去了
只是活在当下,
唉,没有明天。

1996年

献给我妻子E.T.

在结婚十周年纪念日
我承认我们非常不同。
女人是男人的灵魂,
我的灵魂是美丽的。

给我轻轻一捏。
把我举过深渊,
我这粗糙的肉身
徒劳而无益。

我软弱到配不上你
即使是一个小尘埃,
但爱情的美丽
让我与世界和解。

1995年9月25日

给艾莉娜的两首诗

1

我们平静地生活了一段时间
夏天的大部分时间。围栏分割
白色的光从公寓到公寓。
但最后期限似乎被推迟。

但一切都比天空更黑。
有一种普遍的抑郁症
短短几天,秋天来了。
平均分割的时间。

我们要负责的每个人,
他们此时睡意蒙眬地离开。
用不加糖的茶来冲淡忧郁
然后拿出一片柠檬。

三个月似乎很短
为了幸福,带着懒惰。
但过去经常发生的事情,
现在情况突然发生变化。

被忧郁和怒气分开。
但是对过去的回忆

不可分割的存在生长于我们心中,
就像两大怨恨。

这不是嘲笑,也不是滚动
秋日。坐立不安
长椅,看着寒鸦,
哪儿也不去飞。

1996年

2

早上吃了一种合成代谢产物
所有导致神经抽搐的原因,
它不比酩酊大醉会更好
生活在充满野性的西部,
不要用未经研究的字母表犯罪,
不要强制吃不新鲜的面包
在上帝的怀抱里更好——
天空的白云飘荡。
放弃一切是好的,但要开始
从第七代开始又一次。
啊,我的灵魂不妥协
用非俄国人的名字莉娜,
离婚后去找一个路人
新的亚特兰蒂斯皇冠。
因为你只想要美好东西

而且不会接受任何其他。

1996年

献给岳母

1

你是一个非常好的女儿,
所以我度过了这个夜晚
这都是出于习惯——
我不是一个好儿子。

2

这是一部简单的戏剧:
妈妈,不管你身在何处,
法律上的母亲现身于世
它像一片春天的小树林。

3

快倒一杯香醇的美酒,
我的一生都归功于她。
关于什么,咬紧牙关。我沉默——
甚至比伊里奇还要多。

4

那有多少年,有多么固执
铁锹下的深坑生长着——
永恒的记忆,女婿的消息,
就像那个无名的士兵。

5

Y先生和X先生
这是我,收到所有权的人,
谁的丈夫会不种花草
为了根深蒂固的父权。

6

他们的事情只是一把尘土,
这早已被完全遗忘。
在地球上的岳母星座①下
我们需要生活得更幸福。

7

岳母就是母亲

---

① 岳母星座,作者以反讽的手法虚构的星座,在这个星座下每个人都要服从岳母。

斧头星座下
头是分开的，
只剩下文字
只有岳母永远正确……

            1995年

被施魔法的流浪者

1

没有幸福,没有幸福。
世界是如此冷漠。
那里的灯都熄灭,
这种好东西是不需要的。

没有幸福,没有悲伤。

有人在边缘行走
永远停留在十岁
都是一样的黑暗
所有这些问题都有一个答案。

2

我每天都上电视直播。
一切都只是例行安排。
在家里或篱笆下。
我怎么能不平静地死去——
这依然是正常的。

在悲伤忧郁的心情下,

我会增加地球的重量。
日复一日,转瞬即逝
我赤身裸体地走到地下,
想离开所有的诗人。
我将永远离开你们。

深渊的寒气吹在你的背上——
这一切多么无聊,
黑暗而又神秘。
我会离开这个世界,我会离开这个世界,
然后一切都会恢复原状——
这将是永远无法逆转的。

3

我是一个诗人,一个大流浪汉,
我在等星期四的天气。
我几乎没有钱财
我在自由的边缘游荡。

我理解整个宇宙
以佐伊卢斯①的公正态度。
我毫无怨言地辞职

---

① 左伊卢斯(Zoilus),是公元前4世纪的罗马学者,以诋毁荷马史诗著称,后来被公元前1世纪的罗马学者维特鲁威交给公元前3世纪的国王判处死刑。此处指不公正的的态度。

在长长的墨水柱中。

我从面包中提取盐,
血液来自静脉中,果汁来自蔓越莓。
我在天空的书页上看到了
时间隐藏在书信里。

我赶紧把它记在笔记本上
珍贵的分分秒秒
所有这些都是猜测
接近某物的方法。

我不得不无家可归
我踢地球的地方
在巨大的黑暗中
我只知道我什么都不知道。

我的道路显然是前所未有的:
时光在飞速旋转
我一点也不确定
无论出生还是死亡。

4

就其本身和思想而言
还有一个机械闹钟
我们走在地球的道路上

为了跟上摩登时代。

我们在大自然中四处走动
正在重新创建流量
在每一个急转弯处
刺耳的铃声都在响起。

加快乏味的跑步时间
直到那个封闭的车道,
在今天的编年史上
时钟已经不再敲响。

5

春天再次被唤醒
亲爱祖国的希望。
而根据一般迹象,
生命发展的前景是明确的——
地球上一切都会很好,
一切如你所愿。
苍狼冲出地面
带着上帝的命令
抵达金色的秋天

这里的一切都是新的,
这里的一切都是旧的,

写在书架上的书上。
为什么我要拿起笔,
因为什么模糊的意义,
一个三十多岁的绅士
再次按照神圣的谵妄顺序,
按照传统,寻求答案,
当然根本没有答案。

这里是故乡,这里是房子
朝着医院对面的小巷。
你想知道什么?我们都要死了。
与此同时我们会后悔,
燃烧贵重的礼物要一枚五分镍币,
以便烟尘像一个牛轭一样
从这样的生活中急速穿过。
这种怜悯便同时成为意义。

1995年

外省

1

在外省有一座水上城市,
我会记住很久的
如果只是因为
出于饥饿感和责任感,
我在这里忙碌六年。
我没有为谁服务
写作,欺骗,教书,
指挥一场毫无意义的游行
纸张和墨水的爱好者。
这座城市变成一个本地人熟悉的地狱。

2

这是上帝发怒的一个省
另一人会说:"在那里它是光明和纯净的。"
我爱你在我的心里
以受虐狂无私的爱走在自己的路上。
我爱你:森林,田野,花园。
我不是一个无病呻吟的美学家,
而是那些真实的存在将我征服。
因此这些烦琐的工作

让我们把它留给我们的祖父去游戏吧。

3

外省在城市的边界,
一个熟悉的人来迎接客人。
多少河水流向无边大海
金属的加加林无所不知。
他作为一个男人来到这里
谁给二十世纪留下深刻的印象
他自己和实验的纯洁性
当太空方舟起飞时。
现在他仍然是一座纪念碑。

4

外省中特定的王子
请你从大厅里离开。
顶部和根部正在讨价还价,
当然讨价还价有利于第一个人
谁设法巧妙地走出来对他鞠躬
对他这个人民和时代之父,
因此充满了喜悦。
但时间会从各个方面揭示问题
讨价还价毫无意义

5

我们的外省,请不要生气,
你的统治者,尼禄①的部下
你严重低估了思想——
头骨的煽动性本质。
他,额头上的那个,水泥额头上的那个。
对他来说,那广岛,那洪水。
他认为自己有能力主宰命运。
但音乐的彩色万花筒
将会永远和你在一起。

6

外省是写这封信的原因
给一些被选中的朋友
关于那绝望的悲伤
我能摇动卡卢加州。
但时间不够:生意,敌人。
我在这里也走错了路,

---

① 尼禄(37—68),是西方暴君的代名词。他是罗马帝国朱里亚·克劳狄王朝第五位亦是最后一位皇帝。在位时期,行事残暴,杀死了自己的母亲及几任妻子,处死了诸多元老院议员,同时过着奢侈荒淫的生活。公元68年,高卢、西班牙诸行省先后爆发了反对尼禄的叛乱,尼禄皇逃离首都罗马。元老院获悉后当即宣判尼禄为"国家公敌",尼禄被迫自尽。后世史书称之为"嗜血的尼禄"。

准备好跨越边境了吗
位于河流沿岸的省份。
我凝视着这个变幻莫测的首都。

7

在外省的原因是
我还没有离开家。
成为当地黑钙土受害者的荣誉可能很高——
不是要求奖赏和利益,
而是喂养那吊死的狗。
只要灵魂在卑鄙的身体里燃烧,
想想你所有的邻居
以一种在现实中几乎不可能的方式。

8

在外省她居然还活着
尽管她在向拍卖会致敬。
莫斯科的母亲看着,
建立环形的防御,
以一个商人身份
但我们不是诽谤,不是领导——
用我们长期的磨炼和才能,
用我们的作品和金戒指,
我们仍然会包围它的边界。

9

外省在每个兜售的货摊,
(每个人都可能变成葡萄酒),
禁欲者们渴得焦头烂额,
傻子一大早就四处游荡。
和超凡脱俗的人在一起
他们只需要烧开清水。
它会冲过来:食尸鬼,魔鬼,
会对所有的议题支持
他们正在激烈地讨论死亡的话题

10

外省的另一位读者回应
受尽折磨的耳朵的诡计
相信他是一个真正的诗人,
会帮助一位富有同情心的老妇人。
不是因为他靠技术赢得合法权利,
在该领域获得相当多的经验。
她真的很喜欢文字
写得晦暗但是流畅。

11

外省仿佛另一个星球
不仅由年迈失修的老妇人保管

可爱的娜塔莉的孙女们。
亚历山大·谢尔盖·普希金不是白做的
经常造访这里。他是个唯美主义者。
而如今在两百年后
押韵诗的继承人　将
以目光遮住白色光芒
像那些莉娜·科瓦莱娃。

12

在外省我不珍惜这个梦想
在第一次鬼魂般地相识时,
没有任何迂回,我会找到一个
计算机中的阅读器。
但也许不认为这是一项艰苦的工作,
曾孙女们会找到乐趣
设置计算机,但从第一个数字开始
做一个失败者,静静地流淌,
突然间流下严谨的韵律。

1996年

地方

1

当我成为一个沧桑的老人,
准备好去深邃的遥远苍穹——
对年轻人来说是最好的例子
打开这本死亡训练手册。

我会记住我的生活
在上帝最高意志的指引下,
我突然下定了决心
对所有我今天不满的事情。

反射出他的命运
独自面对整个世界,
我会对自己诚实
只有这对子孙有价值。

1997年

2

在虚无的永恒黑暗中
在最后审判中非常宝贵,

我明白：我的生活——
只是一件派对礼服。

贴合自然。
如果你得到它怎么办。
换上破布
一个世纪就这样过去。

什么是真相
我们不需要吝啬。
像这样把它撕碎
它穿着破烂的衣服。

1995年

3

用活水泼洒文字。
把演讲还原成简单的雄辩。
三十多岁依然拥抱青春女神
在珍爱的笔记本上我写下诗。
此时邻居轻蔑地说，
已经四十多岁了，
将他的经验用于有力的论证：
  "讲话一定有严肃的理由。"
既然没有这样的事，那该怎么办呢。

而窗外通常都是日常景色：
地球是湿润的，太阳是金黄的。
让它从虚空流向虚空
傲慢的俄语字母表。
只要你活着，即使他们用的是母语。
依然享有选择的权利，
我们还需要带着骨头躺在黑土地上，
尘世的荣耀将永远终结。
你不可能在任何地方被拯救。
在金色的钓鱼板上也找不到。

1997年

纪念普希金200周年诞辰

1

让我们疯狂热爱普希金,
这样每个人都能得到平衡。
他虽在生活中表现不好,
但是不会伤害这个国家
他是荷马的直接继承人。

不是每个人都会长大成人,
但谁长大了也就精神崩溃
完全威胁要对异教徒进行报复
并试着在第一时间热情地吻他

今天普希金是上帝的礼物。
从城镇到村庄
然后兑换成现金。
是最赚钱的产品。
任何一个流浪者都给一顶帽子。

2

我依然记得那古老的道路
总是受到缪斯女神的尊敬——

被困在某个村庄
找到上天的恩赐。

他给小屋里的木炉子加热。
进入秋季的隔离。
最后一个普希金
世界上第一流的诗人,

在沉默中修饰动词,
写这样的诗
在高中时成为作家
笔名使用字母M

3

舞台上的舞者。
蕾丝裙和燕尾服。
我们看到一张黑脸,
鬓角从两边垂下。

我们区分闲聊
宏伟世界的伟人:
"这是谁呢?""这是相机。"
我看不出答案的结尾。

另一个谣言很想知道,
用辫子缠绕装饰的。

在功能上别再猜了
纪念碑的厚重褶皱。

在尖酸红酒的喷溅下,
一个不可救药的恶霸,
然而他却继续发送……
三个独立的标志。

依然没有越界,
这个充满魔力的单词
他被推得更靠近被单
依然非常激动。

1996年—1997年

希望与神秘之城

1

美好的随机礼物
你站在我们面前,
充满希望和神秘的城市,
令人费解的巴黎。

为了斯拉夫人的耳朵
你听起来像是一个永恒的呼唤,
迷茫的精神境界
充满欢乐的巴黎。

俄罗斯的积雪融化——
你却在疯狂地聊天,
欧洲炽热的心脏,
满城情人的巴黎。

这是谈话的理由
你会在这里待很长时间,
宫殿和教堂之城,
热情好客的巴黎。

1997年

2

在梦想的指引下逃离,
火车都无法去的地方。
对不起,人民,这条路线
在欧洲一个偏僻的地方。

我的国家没有仁慈。
在这片土地的大部分,
如果这能让我感觉好点
然后很多人会变得更糟。

在这里以前的朋友中,
看不到欧洲的魅力,
你会像奥德修斯①一样出现
在珀涅罗珀的眼前。

跟你看到的人群混在一起,
没有人会为此责备你。
对不起,人民,为了巴黎。
但是没有宽恕。它也不会抱歉。

1997年

---

① 奥德修斯和珀涅罗珀都是荷马史诗《奥德赛》中人物,奥德修斯是史诗主人公,原本是伊塔卡国王,奥德修斯随希腊联军远征特洛伊,十年苦战结束后,希腊将士纷纷凯旋归国,唯独奥德修斯命运坎坷,归途中又在海上漂泊了十年,历尽无数艰险终于回转家园,见到忠贞的妻子珀涅罗珀。

3

以某种方式成为人类,
把邪恶伪装成了荣誉。
恶魔正从我们的窗户进来。
所以世界上出现一个上帝。

因为子弹总是在呼啸,
所以佛陀和基督出现
我们当时没有受骗,
战争正在残酷地进行。

带着地球部落
他的十字架降落——
没有什么能治愈时间。
什么都不能通过。

1997年

4

成熟更加无私。
知道胜利的代价。
生活中最困难的
第一个七十年

每个人都有权

任命一名牧师
不是为了娱乐和荣耀
透过天空聆听造物主的声音。

没有什么比科学更难，
一路上都不会失去它，
这些神奇的声音
能够传达给世界。

1997年

5

时间不会倒流，
但他用铅笔划过皮肤。
你无法抗拒它
我们永不会变年轻。

从现在起，我们不会变得更好。
那么显而易见，那么通俗易懂，
我们聪明的头脑是什么
使生长的斑点黯然失色。

我们已经不会转身离开，
我们不会避免坏的标志。
在灵魂中找到谦卑——

所有这些都留到最后。

1997年

6

爱我,祖国,
渺小、虚荣、失落,
软弱、无能、无力,
他的灵魂被看穿。

爱我,祖国。
至少给我一根扶着的棍子,
不是因我生病,而是生活所迫
我是你的钱袋!
我是你土生土长的乡巴佬!

爱我,祖国,
没有普遍的倡议
只有通常的麻烦。
像爱儿子一样爱我。

爱我,祖国。

1998年

7

一只锋利的爪子在抓卵石,
我慢慢地爬到陆地上。
你按照自己的需要剪吧
对这有灵魂的怪物。

大地不会失去脚步声。
被堕落的卑鄙束缚着,
我只看到上帝的曙光
我听到他们神圣歌声的回声。

我的渴望是无力而简单的:
看看天空,多么任性
燃烧,燃烧,燃烧骄傲的星星。
我是她的影子。这就足够。

1995年

8

每个人都会去他们的公寓,
由壁龛的温暖和合法的途径。
对于两个人,我将与全世界分享,
窗户玻璃后面是寂静。

我要摇摇晃晃地走路。

打哈欠的方式熟悉而又劳累。
我要把夜晚拉到下巴
一条寒冷的棉花毯子。

然后在索马里的破布下，
离开凡人的起源，
急速飞向宝瓶座，
我那令人陶醉的生灵的溪流。

1995年

当权

把你的感觉放在计划中。
把自己分成几个部分：
肉体和两个灵魂
他们应该永远掌权。

如果今天提供王位
你正在成为一名猎人。
就像一个生于斯长于斯的慈父，
另一方面你又是个凶残的继父。

权力从来都不是好东西。
在喧闹的游行中演讲
灵魂在里面表演，
跟部长的态度一致。

可怜地挤在门廊前
不被爱的女孩
为双胞胎感到羞耻。
她害怕她自己。

1998年

爱国诗

我是光明的古罗斯的粉丝。
我会掏出我的心敞开心扉。
我会流下恶魔般的眼泪
我会写下关于桦树的诗。

我会找到一种诗意的愤怒——
所有的爱都会在循环中迅速释放:
关于收割麦田,关于女孩的辫子,
探索所有的挖掘和问题。

我的声音很弱,我的舌头很黑,
在过去的哪一个摇篮上
变成扬抑格和抑扬格——
诗人粗心大意的陈词滥调。

我又不是第一个犯罪的人。
我从天堂要一首诗干什么
从声音和韧带的接触
细心雕刻各种颜色。

"给拉斐特侯爵①的地下室——
舌头下滚动的诗节喷涌!"
我不是第一个问的,也不是最后一个
他不得不在大厅里闲逛……

1995年

---

① 拉斐特侯爵(1757—1834),法国将军、政治家。参加过美国独立战争,支援美国独立事业,后参加法国革命,是法国和美国的英雄。此处指代权贵。

破产银行家之歌

1

我服务一切,我负责一切,
像揭示世界秘密的大师。
你觉得这个世界怎么样?
在我上方光线是不同的。

闪亮的安抚奶嘴之光,
金牛犊①的黄金色荣耀
我会在读完书后放弃,
为了一句美好的祝愿。

为了伪造的荣光——
不是骗子,不是坏蛋
我被拴在一条坚固的锁链上——
毫无希望的贫困。

我为世界的黑暗服务。

---

① 金牛犊,来自《圣经》记载,当摩西上西乃山领受十诫时,他离开以色列人四十昼夜。以色列人担心他不再回来,要求亚伦为他们制造神像,亚伦信仰不坚定,就制造金牛犊,以取悦以色列人,于是这也被称为"金牛犊的罪"。

商人的过期股份,
银行家的自尊心
一切都是灵魂所反对的。

生活永远不再美好——
人们渴望得到这种金属。
我一点钱也没赚到,
我只是步入迷途。

以前也有这样的日子,
我可以自由进入缪斯。
谢谢你们,亲爱的们,
往帽子里扔一枚铜币。

1994年

2

在这个熟悉的星球上
我只是随意地生活着。
幸福不会在世上闪耀。
我永远都是罪魁祸首。

我所有的计划都没有用。
我知道旅程将如何结束。
我怎么会在乎深渊?
只管把我拉进去看看。

在冰盖边缘之外，
永远黑暗的地方。
这个词在拼命地跳动
在冰冷的心灵地牢里。

有一个天使在快速惩罚
快把职位交给他。
火花在夜空坠落
带着星星家族飞向天空。

从本世纪开始情况就是如此
我徒劳地看着黑暗。
那里一个人也没有。
他无所事事地游荡。

1996年

3

看着那个不说话的人，
在天空面前有种渴望，
想让自己与众不同——
渴望内心的天使
简单的灰尘是永恒的监狱。

他用无形的翅膀流泪

颤抖的牛犊的尘世束缚。
而且它的结局并不好，
王冠和荣耀归于它的主人。

但是这个人用了错误的语气，
他明白他不是这世界的组成；
彻夜等待花蕾开放
这意外的神圣礼物。

1996年

报纸生活

她生了个毛茸茸的女儿
来自浩瀚的宇宙。
报纸文化的编辑
带着幸福的微笑迎接
那些在真相和错误之间徘徊的人,
在字体上像苍蝇一样飞翔。

黑暗中的人不知道
他们犯了一个严重的错误——
她不会打印的,
但是他们再次挤出微笑,
爬,跑,飞,
小鹿,小鹿。

它们像蠓虫一样干净地燃烧,
在给少数人的光明火焰上,
有权成为窗户上的一盏灯,
只允许穷人,秃头,各式人等,
傲慢和年轻。

原谅他们,主啊,他们的寄生!
上帝保佑,他们推翻了狂热分子!
对于愤怒,一个很好的补救办法是

你自己是绦虫,
而且一直感觉
就像被虫子吃掉一样。

1998年

特雷菲洛夫

把自己托付给母亲多么美好。
合法地拥有自己的两件上衣
右边是一双纯净的眼睛
看着铁锅仔细考虑未来。

在桌子下面步履蹒跚
甚至是角落里永远的囚徒
不要因生命已逝的罪恶而痛苦,
这不是为了伟大的作品。

什么时候超过三十岁?知道吗,克洛伊
只有一个我自己。这就是全部。
因为这个案子起到了指导作用,
生活在压倒一切的责任感之下。

不管这一生能做什么,
至少你可以自己死。
缺乏终极的目标
肆无忌惮地生活
什么东西从里面撕裂。

哦,天哪,我在说散文。
还有一首形式上的押韵——

一定要保障传统规范
这也是对字典的尊重。

大家都知道即使是女人,
在启蒙读本的怀抱中放弃,
粉丝和鉴赏家越来越少
可以到达任何一个春天。

我们只有相信命运。
这就是结论。这就是远景。
关于时间,关于世纪,关于你自己
电子机器会告诉你。

谁的记忆不会被记忆女神同步控制……

1998年

地球女人与世界

1

我说的每一个火腿都会知道,
谁买了佩雷德金别墅,曼德尔斯塔姆①插嘴说
月光如水弥漫,
竖琴诉说帕斯捷尔纳克的欧洲防风草。
所有的大师都死了
别紧张,该你了!

2

我是一只两条腿的猴子。
人权是卑鄙的——
制定规则的化石。
但上帝以一个缺陷取悦我。
在以后的审判中回答,
他说了那句话,然后被迫开口说话。

---

① 曼德尔斯塔姆是苏联白银时代阿克梅派的天才诗人。帕斯捷尔纳克是苏联著名诗人、作家,凭借《日瓦戈医生》获得诺贝尔文学奖。

3

驼背,哭啼,生孩子。
然后看看生活的悲伤,西罗。
我也许是罪孽最深重的人,
我身上有世界上所有的缺点。
但最大的缺点是死亡和原罪。
他们是地球、女人和世界。

4

哦,女人,这是我第一次害羞地出现
在你赤裸的身体前。
你用自己的方式想要我,
只有服从和温顺。
作为回报身体作出自己的承诺。
我接受了,但我不能成为它。

5

当我把你带到壁龛下
征求权威的意见,
然后以老卡桑斯为例,
我会同意一切,为了这个:
因为没有清醒的诗人,
所以没有真正的男人。

6

每个人都有一面准备战斗的旗帜。
尘土带走我们,尘土升上天空。
对上帝莫名其妙的恐惧已经平息
在我们身上,我们将无法夸耀
在天堂有不同的性别

7

宽恕,上帝,可怜的孩子
因为没有那么多地评判别人
尽你所能。也许心中的女人
不是与爱人分享的最高感觉。
日常生活燃烧着骑士
这大火总是有硫黄味。

8

数字告诉我们这个词的意义?
听着,数字告诉我们!
以彩绘字体展示出来,
他们诉说,他们打赌
你需要以一种新的方式长寿。
没有人们去押韵——没有地方可押韵。

9

今天这么高的价格
在一个土地广阔的国家,
说着俄罗斯语长大
(地狱的力量对此生是慷慨的),
任何想追上酒精的人都会
在任何啤酒摊上都能找到。

10

我想一举解决所有问题。
这是我的帽子——我没有要它。
这是给不称职的莫诺马赫的,
但是他们的头没有足够的力量。
死亡天使亚兹拉尔①在他的祖国上空飘荡。
我把布道留给了僧侣。

11

我要谦虚。请冷静点
骄傲高于人群——
我们都将被二十一世纪吞没。

---

① 亚兹拉尔(Azrael),在伊斯兰教中,亚兹拉尔即手操生死簿的"死亡天使",在阿拉伯文化中为排名首位的死亡天使,他在末日审判是吹响第二支喇叭的天使,也将是最后一位死的天使。

对人信守承诺是多么困难。
在你面前软弱是多么容易。
我也是,原始人!

1998年

天堂之家

1

正如他喝醉时告诉我的
一位智者(他不是一个本地人)
(愉快的伴侣,善良的朋友)
字面意思是:"是你从天堂回家的时候。"
因此在深渊中饮酒之后,
我终于来到了这片土地。

2

他还说:"耐心点,老人家。
为缪斯女神制定明确的时间表。"
我尊敬他是个经济人:
天堂公寓里一位六翼的拉菲克①。
我也不差遣一切在罪中闭口不言的人,
像其他人一样,我不派拉菲克。

---

① 拉菲克(Rafiq),为阿拉伯语的朋友之意,这里指六翼天使,此类天使虽然是天神,但拥有人类的面孔。

3

从本质上讲这并不简单
孩子不是那个光明的花园,
我体重增加,挺直了身子,达到了我的身高。
在所有的本性上充分了解你自己。
我担任了一个商业中的重要职位——
棺材通道的侍者。

4

死亡天使亚兹拉尔正在盘旋。
其他恶魔成群结队地飞过。
还有那些自诩不朽的罪人
永远活着,人生匆忙
不仅仅是作为一个史学家,
而是作为一个光荣的英雄
以行军队形来到我的门口。

5

每个存在的人都想要一点永恒,
在这永恒大量存在的地方——
帕纳苏斯①。卡卢加州。老火炬广场。

---

① 帕纳塞斯,位于希腊中部,古希腊太阳神和文艺女神们的灵地,所以成为诗坛的代名词。

时光流逝。一个街区又一个街区过去了。
而我,一位文学将军
巡逻队在她的宫殿周围巡游。

6

我看到了什么?这个过程是正常的。
在心理上单独或作为一个整体
我在喝一个古怪恶魔的酒
尊敬的作家。在案件之间
他以蝴蝶勾引个别女诗人
还有一件白色的燕尾大衣。

7

眼睛溅起水花。公鸡引吭高歌。
诗人想要并等待任何声音。
我亲爱的卡卢加城①听到了一切——
从天鹅和其他无稽之谈中
成长出最具魅力的诗歌,
彼此之间的抱怨也随之产生。

---

① 卡卢加州是诗人瓦迪姆居住的地方,州府为卡卢加城。位于东欧平原中部,距离莫斯科仅188公里,诗人在诗集中多次写到这里。

8

一个新闻工作者
去编辑部召开军事会议。傲慢无礼
为宇宙以外的东西而战
他们都不认识他。
因此对所有人的威胁作出回应,
按照规则他相当于没有宣战。

9

我也开始模糊地分辨出
白发老人。在街区之间谨慎行走
而鲁布佐夫试图站起来
一时冲动把所有的图书馆都拿走。
关于他自己是先知的身份,
他有证书。但是你需要一个印章。

10

他写的诗令人愉快
好文学,创作者。
忘记监狱,通货膨胀,还有钱包,
他的出版商求饶,
这样他就可以把这一切作为一个指标,
但他没有任何仁慈之心。

11

这位皇室老人是谁?
他看起来像一个贪婪的轻骑兵:
一个沙皇的仆人,已婚夫妇的雷雨,
姿态大胆,面容威武。
他的父亲是前政委,
但今天他是一个反布尔什维克的人。

12

生活在昔日胜利的土地上沸腾,
夏天不过去,雪就不融化,
我们决定——没有未来,
但他仍然住在那里
银行家,闹剧家,兴旺发达。
以及琳琅满目的商品
专家公然取消了我们的决定。

13

我们都参与了同一场比赛。
任性和软弱,像孩子一样。
我们的灵魂祈求善,
我们伸手去拿笔墨——
搜索,在任何物体中找到你自己
从而在白色的光下捕捉。

14

写一个诗人给同胞带来欢乐。
让外面的生活肆虐是愚蠢的。
正如经典所说:两三个傻瓜,
那些以神圣敬畏的眼光看世界的人,
在俄罗斯他们存在了几个世纪。
它们是一切事物的希望和基础。

15

写诗吧,诗人。写吧,写吧,诗人!
让魔鬼迷惑你吧
世界上没有任何答案。
什么都不要!他们知道你相信我。
但它会持续一生。但阳光从天空倾泻而下。
写吧,写吧,死亡永无止境。

1998年

呼吁

生活中很难有机会,
祝你好运,登上王冠。
颓废的荆棘之路
　二十世纪即将结束。

我们都在变老。
不是孩子气的兴奋,而是满面的皱纹。
甚至是对天父的演讲
不骂人很难坚持下去。

上帝保佑我,疯子,
向我保证不要有任何小麻烦。
呼唤你的人民
我想在除夕说。

为了摆脱忧虑烦恼,
在和谐与繁荣中长寿。
以免阻挡氧气
公元一九九九年到来

1999年1月1日

第 8 辑 | 共同生活

奥赛罗①的生活

响应父亲和母亲的呼唤
我出生时皮肤白皙。
我发现自己是一个苍白的年轻人,
一点也不像奥赛罗。

他们为什么这么努力,
他们甚至脸都红了
如果有强大的爪子
一个非洲人不让我见他。

我没有骑着白色马匹
在胜利旗帜的掩护下。
为什么它会留在我心里
嫉妒的伊阿古的骨灰。

---

① 奥赛罗、伊阿古、苔丝狄蒙娜都来自莎士比亚的悲剧《奥赛罗》。非洲摩尔黑人奥赛罗是威尼斯公国一员猛将,他与元老的女儿苔丝狄蒙娜相爱,因为两人年纪相差太多,婚事未被准许,两人只好私下成婚。奥赛罗手下有一个阴险的旗官伊阿古,一心想除掉奥赛罗,他先是向元老告密,不料却促成了两人的婚事。他又挑拨二人的感情,说另一名副将凯西奥与苔丝狄蒙娜关系暧昧,并伪造了所谓的定情信物。奥赛罗信以为真,在愤怒中掐死了自己的妻子。当他得知真相后,悔恨之余拔剑自刎,倒在了苔丝狄蒙娜身边。

爱是无法被禁止的,
我有时也会被宠爱。
只有深棕色的色彩
它遮住了苔丝狄蒙娜的脸。

被棕色头发框起来
上帝的怜悯降临我,
谁回答了我的普遍问题
悄悄地恳求道:"我祈祷……"

1992年

灯笼下的缪斯

1

同样的事情正在俄罗斯发生：
我被逐出所有的基座，
授予这么微小的份额。
只有缪斯女神对我忠心耿耿。

头上没有下垂的皇冠。
我一个人。我是他们中的一员
内都斯坦努在街头流浪，
在路边灯笼下安静写作。

2

永远和我在一起
不是背心内衣，也不是卡登外套。
过去的快乐和悲伤
还有瓦迪姆的诗。

同时代的人既无聊又陌生
阅读它们。为什么？因为……
不是阴暗的流亡者，不是光荣的英雄，
我不是布罗斯基，不是他，我是不同的。

3

对我来说是什么样的另类,
所以习惯了我父亲的房子,
你在哪里买的树桩和浮木
水上精灵和角色对话。

从神奇尤多的海外边缘,
绿色钞票①无处不在。
我四处看看。就像祖国俄罗斯。
我带着什么到来,我就跟什么留下。

4

我的曾祖父和曾祖母死在这里。
这是祖国、信仰和职位
伊瓦什卡、尼基什卡和森卡。
我们会吃掉所有的绿色钞票。

在灰色海洋中的浮标上,
在宇宙中上帝有他的口袋
我们正被开到最后一条线
画下大象和鲸鱼。

---

① 绿色钞票,这里代指美元,因为美元是绿色的。

5

看,我们到了!
没有关键的发条装置的一切。
这些只是我们,
这些是——该死的狗娘养的。

他们说我们不能和平地生活。
他们说我们身上有些东西——
注定要为世界赎罪。
我们为什么不谈谈?

1993年

水瓶座下的写作

1

我内心最喜欢的人
被作为纪念品送给我，
到一月底。为了什么？
我感谢我的父亲和母亲。

上帝正在做他的作品——
超越身体和智慧，
没有大雪，就没有霜冻
出生于水瓶座下。

2

践踏一点点，然后跌到谷底
他就像每个人都被给予的。
但是根据外部环境的意愿
今天他成了有罪的祸害。

被拉进俄罗斯腹地,,
他拉着琴弦和风笛，
用一种莫名其妙的愤怒来为每件事押韵。
我脑子里充满了不必要的奇思妙想。

3

那些韵律,那些数量。
在俄语中他的意思是微不足道的,
就像苏美尔的楔形文字一般混乱,
虽然他从未生活在我们这个时代之前。

在你的口袋里没有一分钱,
它从合适的位置掉了出来
在强迫症的重压下——
自行车因此被发明。

4

它被一锤子定音重金拍卖
美丽的拉拉夫人莱娜·K[①]。
在上帝的肩上是担保人
创造性的痛苦带走了他。

从那时起英雄的很多传奇都逝去。

---

① 莱娜·K,这是作者在诗中虚构的女主人公,男主人公爱上她并娶了她,两个人互相照顾。

第三罗马①沦陷。想象一群群的大坑,
在棕熊和大雪的土地上
他仍然有另一个自我。

5

在大动乱时期
他固执地不生孩子,
空洞的呻吟声此起彼伏,
这是违背自然。

还是没有梦想,
计算到明年春天的天数,
从生活中经历了咨嵜的变化。
我只配得到最初拥有的东西。

1993年

---

① 第一罗马指屋大维创立的以罗马为首都的罗马帝国,公元395年罗马帝国分裂为东西罗马帝国;东罗马帝国的继承者认为,第二罗马指以君士坦丁堡为首都的东罗马帝国,也就是拜占庭帝国,第三罗马指以莫斯科为首都的俄罗斯帝国。

新年

1

看新年的窗外风景
有一个不同的外观。
东方国家通过把未来的谜团
撒在一个帝国的残骸上解决
误入歧途的帝国。
像彩色纸屑一样的旗帜。

当授权的霜冻是
粉刷隐蔽的边缘,
黏土巨型雕像再次解体
空气在险恶地震颤——
大炮或者只是儿童饼干?
但肯定有什么东西在把他撕裂。

捕捉到的可怕回声。
在圣诞树下,棉花树上,
我听到星星的声音
时针和分针正在接近零。
我在等待钟声敲响,
我受不了那个不动的玩具士兵。

在火花的噼啪声里
从遥远的过去，从陡峭的墙壁，
历史会从我身上穿过
进入另一个选择的深渊。
日历将在一个月内旋转到
即将到来的一月份
多么熟悉的螺旋。

2

带永恒结论的明信片
"所有记得的人"
通过邮件发出。
新年即将来临
在雪的后面显得那么新
这座逐渐被冰封的城市
挤在锦缎外壳下面。

但是这只是开始。
在这里，疲惫的人们四处寻找食物。
他会再次找到安慰
在每天谦卑的压力下。
一切都会安排妥当的：
这一年将以某种形式出现
以及生活在其中的人的情绪。

1991年12月25日

共同生活

你在房间里到处找我,
但是你只能找到家具。
这是一颗在天空中消失的星星,
在寻找火焰之后,
她在黑暗中徘徊,
带着一丝干燥的光线
用它感受刺鼻的烟雾。

在婚姻中生活这么久
多年后的离婚很奇怪,
我们被包括在经典情节中
这把小说中的英雄从昏迷中拉出:
一个学者、一个孩子和一个恶霸。

漫不经心的三人组
在荒凉的背景下,
我们已经消失,我们融入其中
以至于这位伟大的作者自己
填写所提交的空白,
很难找到我们的轮廓。

唉,这里的景色是凄凉的。
这不是在梦中,

它在一个国家被放大一千倍
有六分之一的广袤土地，
固执地在酒中寻找真理
在里面休息，而不是在外面。

我们完全被剥夺了一切
希望这些年会有所改善，
只有大自然才能温暖我们
火焰在我们之间奔腾
相互以和解应答，
仍然在辐射光线。

但是有东西在推动我们，
正如他们所说，
在哪里飞行是无所谓的。
我们的分歧融合为一
在迷人的孩子的特征中
永远的意义在于：
你不能用火把它烧掉，
你不能用水把它洒出。

由此我们失去重量，
是谁产生了尘世的引力。
我们想飞上漆黑的天空。
在讲台前我们向上帝只祈祷一件事——
去挥动不存在的翅膀。

在跑道上约定的时间没有到来。
时间不让我们离开贪婪的手
把我们当作痛苦的负担,
直到我们呻吟着走出黑暗。

1992年

俄罗斯孩子

1

唯一能阻止我们永远沉沦的东西,
是在一个悲伤的地方,
一座杂草丛生的小山,
是我们共同努力创造的东西
在一个风雨飘摇的夜晚,
从此之后叫:女儿!

我们不关心这个问题
历史就在门口,
院子里住着一个古老的时代,
最好的结果是什么
用另一种神秘的诡计,
类似一个可怕的逸事。

与其在拍摄中徒劳地排练,
不如离开地图上的环境,
我们生来被锁在听话的囚牢
对未来父母的双重表达
一张普通的无助的脸。

关于模糊天赋的主题

什么高度，什么好处
在国旗降到一半的时候
如果没有意图，
出生的孩子会找到他自己，
通过自己的手推动存在

如何记住这些？
这一切都是从谁开始和离去的？
谁的遗骸静静地听着？
齿轮和车轮的嘎吱声
　翻动荒芜的土地
供他临时使用，
中断的相似，但完全不同。

在古老的嘴巴的厚度下是沉默，
不断变化的部落不会评判我们。
我们对他有多内疚，
我们也是无辜的；
到底是谁有罪恶的心，
唯一的审判是——造物主！

但是依然回头看，
我最近不想去死，
在地上十字架象征着谎言
在石头下被恶意地发射，
从那里向外窥视，
就像一个引人注目的手指轻蔑地指向十字架。

双面雅努斯①神的时代将使双方和解
交战的父母和孩子。
在未来你将在不知不觉中
不得不弥补解体的所有后果,
当在地球的深处
我们都将形成一个共同的均匀的地层。

1991年

2

我们的思想和感情
如同红色火焰,
赞美艺术女性
你的光荣事迹。

在三月八日的晴朗日子
只有火热的动词
在一阵温和的兴奋中
虚弱的性别获胜。

努力是必要的,但是还不够
确保每一次

---

① 雅努斯(Janus),罗马神话中的天门神,头部前后各有一张面孔,故亦称两面神。西方一月的名称January来自雅努斯,意味着一面告别去年,一面迎接新年。在此处隐喻苏联解体前后的和解。

都一起举杯
为了你眼睛的光芒。

为了避免怨恨
论命运的反讽
你为这个观点奋斗,
每个人都相当软弱。

2003年

3

关于爱我能告诉你什么
关于不朽,关于宇宙,
你管它叫什么,
到处都散发着女性的精华。

怎么不去命名它,
不要用眉毛傲慢地领导,
如果存在的话,已经几个世纪
你将与爱同在。

等待着她,无论老少
在虚荣和粗糙的生活中。
千百次的热情祝福
给他们中的任何一个膏油。

2003年

4

夜床上的处女膜。
我们之间谁有权
决定进入合法婚姻,
在灯罩下一束被锁住的火焰
拉上昏昏欲睡的阴郁。

翅膀在黑暗中轻轻地沙沙作响,
疯狂的欲望回应
从天上传来红润脸蛋的后代
他们成群结队地熄灯。

从他监视他们的高度
透过窗户有一颗北斗星
给他们取个人类的名字
为了将来的最后审判。

我们在盲目的疯狂中尖叫,
离开虚空,调皮地、戏谑地,
用一双假手触摸
一个没有脸庞、没有实体的孩子。

1992年

5

你真是绝无仅有。
有双腿也有灵魂,
同时还有其他的魅力——
配得上诗人的诗句,
纸张、油墨和铅笔。
但你生活在不美好的光中。

在整个世界都不美好的意义上——
没有幽幽月光,没有人造星星。
在你宽广的胸怀面前
一切似乎都是荒谬愚蠢,
毫无意义地浪费能源。
你活在无声的责备中。

多年来一直都是如此
从不满和不好的迹象
国家在悄然崛起,
在那里你永远是全能的正确的。
现在它被种植在王国土地上。
每一次不幸都会长出一个头。

1996年

愿景献词

我的眼睛,我的窗户,我的大自然
从你身上拿走的一年比一年更多。
她作品的细节在她的美貌中不再鲜明。
我被插入这个壁龛。
我只看到别人看到的。
我在这里看不到那样的东西。

这世界蓄意的缓慢衰变
模糊了我们内心的视觉。

唉,不可能再回到过去,
当这个孩子勇敢地来到这个世界时,
他大声尖叫,没有被冒犯,
从而表明他谦虚的到来。
他依然离上帝比我们更近。
他面前的世界是相反的。

在闪闪发光的小镜头的上方,
世界像一个飘浮的蓝色小球。

我自己到处散发颜色,
不小心戴上口罩,
留下我自己,也走了

从我的深处，
从我的脚下，
地球的无数英里，海洋的无数英里，
道路、城市、大陆。

因此宇宙中的生命将被移除
在一个融合的深深阴霾中。

不是别人，而是大自然。
这就是我们渴望的自由！
或者是一只炽热的萤火虫
一个路人投下的叛逆的目光，
一个遥远的高曾祖父的学生
今天是如此类似于萤火虫。

我们被尘埃束缚，
到处都是蜘蛛网。

也许一次又一次地消失，
我们用一只万能的眼睛看到这里——
底部是宇宙和愿景。
一首诗结束了
另一个是立即写的，没有任何阻碍
为另一个维度。

根据马铃薯的生理学，
植物学家仍然种植植物和流浪者。

我还在这里，我睁开眼睛，
我要珍惜隐藏的希望
诉说一种传统的语言，
我把一切都交给一个荒谬的案子，
我仍然会通过时间来审视生活。
我确信已经分辨出了什么。

1992年

守恒定律

1

我们活着去等待结局:
不是从结果,而是从原因,
不是从这个,而是从那个。
"在这个世界上死亡并不新鲜①。"
这位著名诗人如是说,
他过去在哪里,现在已经不在。

呼气,我吸入这空气,
也许是某人以前住的地方,
他这么简单地提高声音说
在哪里再见,这是未知的。
也许他能保持平衡
在我的内心复活。

这就是为什么我在这里感到宾至如归。
生活一点也不让我惊讶。
这个地方我好像很熟悉,

---

① "在这个世界上死亡并不新鲜",是20世纪俄罗斯伟大诗人叶赛宁的诗句。叶赛宁被认为是"最纯粹的俄罗斯诗人"。因为他写的诗歌颓废悲观,被苏联当局主流报刊批判,后来抑郁自杀。

已经进入模糊的日子里,
在那些年里,在那个时代——
我不记得什么时候。

2

在这里深深呼吸氧气
来自被拒绝的人群中
不是炉灶匠,不是裁缝,不是鞋匠
而是伟大的艺术家
几个世纪前死去的人复活。
看到同样的圆圈,看到同样的地狱

同样的芸芸众生,同样的嗜酒如命,
在那里他喝酒直到失去容貌,
他今天被称为伊万。
"玛莎,玛莎。"贝亚特丽斯恳求道
家里的第三个傻瓜
一便士的宿醉费。

时间在开玩笑,和他争论无用。
你是不是想下地狱?
这里是地狱,把它放在架子上。
时间是一个笑话,你不必和它争论。
这是一个新形成的体系,
你是其中的作者和主角。

3

一个伟大的艺术家诞生了,
一个聪明的头脑,发现的门槛,
就像一棵满是灰尘的昂贵的车前草,
他们对他说:"对不起,
不要扰乱平时的安宁日子,
我们今天不需要这样的人。"

他们做了个把手,
大声关上锻铁门。
在一张成绩不佳的纸上
训练无能的羽毛,
锻炼空虚的头脑。
他们告诉他:"你就是我们!"

把这份任性的礼物切成片,
为了响应一大群人的要求,
他们对他说:"你看到我们有多少人了吗?
因此我们无疑是对的。"
再一次被许多人拒绝,
他在圈子下降得更低。

4

一把灰尘会使漏斗旋转。
在广阔的空间飞舞,

等待孩子的出生,
谁患有婴儿肺部疾病
在附近道路的岔路口处
发出了这致命的叹息。

谁绕过流行的谎言
这会让心跳变得更加压抑
将会相同,但更高,更远,
将会相同,但更薄,更深
听见这通过堵塞的苍天
重新阐释的世界。

只有一个人的生命如此渺小,
不知道还会有什么。
因此没有终点,没有起点,
它拥抱,扭曲,扭曲,
以可怜的范围提升——
重复,重复,重复。

1992年

自白书

我不会追随任何人的旗帜,
记住时间,时间自转。
不要告诉我这个或那个。
不要强求每个人都有命运。
即使是为了一点点幸福
我不假装,仅此而已。

这不是我生来的目的——
太任性,像盲目,
更多的时候是在梦中。
这里是天空中出现的闪电
它像蒸发了一样燃烧起来——
这就足够,这就足够。

所以生命在衬衫下飘荡,
他用脸庞去戳我的肋骨,
跳动不要保留在胃中。
在利益不明的基础上,
在静脉河床寻找出路
他很快就会毫不费力地找到它。

虽然微小,但仍然闪闪发光,
你究竟做了什么

在太阳穴处,在胸膛深处?
有时候我的城市几乎不睡觉,
我想推得比大门还宽
疲劳地说:"起飞!"

只有在这次拒绝之后
它会从你身上射出一些光,
那些在现实中很少见到的。
我注意到彩虹般的潮汐,
我不了解周围的一切,
我只是接受和活着。

不要在高高的讲坛上吠叫。
我关心亿万人的繁荣是什么——
灰色和空洞的价值。
我生活——这意趣盎然——
笨拙的、粗心的、无用的
在一种完全不同的罪恶感下。

秋天持续的嗡嗡声
造成模糊的幻觉,
我嘴里有酸的味。
残酷的流放值得吗?
这就产生了知识的幻觉,
在花园里吃了一个苹果?

不要审判,你就不会被审判。

它掉出来——你不想去吃,但你会咬一口。
我向剑献出我的头
以强烈的责任感。
我不判断什么是好的,什么是坏的。
如果必须的话,我会付钱的。

1993年

第一感觉是悲观

破碎的心杀死。
被我们遗忘,被我们遗忘。
滚动的。但是在哪里?只有天知道。
内部和外部都很黑。
这里的一切都是自然的——
既不好也不坏。

我在黑暗中徘徊。
我一点也没变:
我又懒散又伤心又爱喝酒。
我活着就是滋生罪恶。
此外我还写出这些诗行——
让家人难堪。

悲哀地向左看——
请赐予力量和子宫
他们习惯张着大嘴。
你也要向右看:
熟悉的号角和脸庞。
依然是同样的结果。

尤其令人不快的人。
我最不理解的是谁——

一切都会变坏的——
看起来像钢铁。大嘴巴。
我看得出来是有人干的
他们何其相似。

抬起你的眼睛，
天空中两朵云。
再也不可笑。
两个天使喝着苦水。
在洗漱之前不要喝酒。
他们在这里就是这样教的。
他们就是这样活着。

低头，困惑，眼睛向下，
在那里为了世界的分裂——
永远被钉在十字架上。
在永恒分离的象征下
痛苦又开始消失
这些和那些。

你看，一切都那么悲伤——
这里的情况很正常。
不要抱怨快乐和钱袋。
你从最高峰被免职，
一定有人会的。
谁都知道。

你会看到你用你的蹄子打它。
它会支离破碎，它会闪闪发光，
它会安定下来并开始发芽
你的种子。
承担重负。
时间在流逝。

1993年

新年前夜

闰年已经过去了,它已经过去了
经历了酷热、雨水和寒冷。
它就这样明确地终结,
假如今年的情况很糟
但明年都会变好
每件事都会有个极限
它永远无法逾越

赞美,赞美,想象,想象,如果你不懒惰,
情况是多么无聊:
就像第二天开始,
和前一次一样,这是闰日。
相似之处会让你发疯——
光肯定不能把他们分开,
黑暗也不能把他们分开。

人们说的都是事实,
今年的标志是闰年。
它就像身上的毒药一样,
无疑对健康有害。
虽然生活就是这样一种东西
对健康有害,也无须谨慎。

闰年已经从罪恶沉沦
以免在严重的罪恶中滥用。
我们将听到公鸡的叫声
当时钟到处敲十二点时,
当它准备告诉全世界时
它现在已经以一种新的方式运转。

雪地里的脚印留在院子里
那个永远安息的人留下的。
我们在即将到来的一月份吞咽
如同婴儿品尝熟悉的空气。
随着时间的推移,
我们喜欢回忆过去。

从这里开始永远离开,
留下五彩纸屑和松树针枝,
不会再有什么害处了,
并迅速忘记坏的一面。
但在不久的将来,
你得再数到十二。

未来不是桂冠,也不是王冠
习惯性地将其举过头顶。
我们知道一切都会悄悄地结束
依靠其他的东西。
涂鸦你的草稿
逻辑与意义相反。

但是我们不会因为一个铜币而迷失,
无论我们的世界多么渺小,
我是一个像上帝一样的人,
因此我在某些方面是永恒的。
被逝去的岁月之光温暖,
你好,来吧,你好!

1992年12月24日

祝词

我们的脸庞跟着时光老去
他们的时间延长成了椭圆形
同时将椭圆形的边变成褶皱
所有这些都将继续伴随我们
去完成破坏和失败
意识依然相信地球的存在。

现在轮到你。一个根深蒂固的轻骑兵,
他根本没有严格宣誓
戴夫,别碰,别看酒里的东西
我们在里面找不到什么,
三十岁的人面临全盛时期
其他事情都会加倍到来。

它将被计数,并将在一百次中响应一次
那些踩坏脚后跟的东西
回到了那个刮风的年代,
当我们离教堂墓地更远的时候。
我们会为身后的一切付出代价。
出生在严酷的一月份。

不是很多,不说英雄,
不知道恐怖和诡计,

但树皮是在同一件斗篷下吃的。
在那个战场上，罗伊的土地。
我们以为我们会为信仰而死，
国家和其他的东西。

然而命运却把一切都抹去。
不是这样的。这是不可能的。
没有信仰，没有希望
没有多少死亡。
让我们向父爱投降，
为了丰收和智慧。

普通的世界是自然的，
不要对戏剧哭泣
问题是："是或者否？"
也就是说不是在俄罗斯的某个地方，
对俄罗斯来说这种痛苦是正常的。
不管住在哪里。

不要乱动，不要乱动
只会带来绝望和痛苦，
你们都知道的。
这是浪费时间。
到处都是同样的命运，
他不假思索地等待着。

我希望不是这样：

一般规则不会把你排除在外
我们也按照上帝的旨意去死。
他把我们带到这个永恒的地方，
也许是为了我们的生日
他们希望永生。

他在那里有黄金王宫。
结束了地下游牧生活
欢迎合唱团的天使乐队。
他的灵魂生出了翅膀。
他们在树上飞来飞去。
远离这些地方。

你是军事艺术的牧师，
你不是男孩，而你是丈夫，
我希望我曾经希望：
天空清澈，心灵充实，
总的来说，万物归元。
生活会记住你的朋友：阿克萨卡尔！

1993年

第 9 辑 | 秋天的色彩

秋天的色彩

1

自二十一世纪早期以来,
我会开始弯曲我的手指,
就像人类事务的未来一样
我可以从这些迹象中猜出来。

是他拥有最高的意志和天赋,
克里利什科最轻的字母,
栖息在永恒的火焰之上,
他用稻草盖自己的房子。

作为世界上最简单的事情
从任何人类生灵开始,
这座房子像枯木一样笔直
在汹涌的深渊之上矗立着。

随着时间的推移一切都被摧毁和扫除,
但房子里什么也没变。
提供金色的绚烂花粉
对他来说是最坚固的水泥。

1999年11月3日

2

猩红的铜色秋天
意志沉默的树叶。
我想抹去这个世界——
遵从内心的罪恶开始。

让它突然急转弯
我身上积累了什么——
掉在地上就会生长
它会在春天发芽。

让冬天再次来临
这对灵魂将变得容易。
悲伤从心底的伤痛流出
这不再是必要条件。

世界的悲伤漫流
因怨恨而毁灭所有深渊。
我会像水晶一样空虚
孤独如数字本身。

没有戴着月桂王冠
没有被命运所阻碍
我会以第一人称回答
诚实地站在你面前。

1999年9月21日

3

不显示任何循环
只有激情和技巧的雌性。
轻柔的手在扇动风
没有人拍我们的头。

在早晨你不会打破你的眼睛。
钱少了,幸福了,光明了。
秋天,秋天,没有希望,
总有一天会是夏天。

我坐在一张纸上,
放弃无聊的狂欢。
我就这样爱你,
按照普希金的命令。

因为在动词之前
我将得不到奖品。
软弱、真实、赤裸裸
在这特别的时间。

因为天气不好,
在审判开始之前,
我是所有大自然的朋友
就在此时此刻。

雨在左边。雨在右边。
脚下树叶的沙沙声。
这是尘世的荣耀,
被鞋跟磨坏了。

根据落叶规律
又一片叶子落了下来。
你生活中所需的就是
仅仅是一点空气。

1999年10月15日

4

到地狱去,地狱塌陷
所有的时间都在流逝。
早上你站在厨房里
以"一切都失去"的心情。

一切都失去,我的小朋友,
但我们还有一些时间
声音细弱的女儿们,
世界的悲哀和怜悯。

我们得到了我们不需要的东西:
这片土地,这些河流,
这个城市,这个秋天——

这全部是永远的。

关于世界是如何生活的,
他们将很快升上天堂
甚至从死亡的尘埃中
生存谷粒的记忆。

我们留下来听八卦。
用一首关于豌豆之王的歌,
与人类做诀别
一个完全死亡的时代。

与此同时,时光飞逝。
我至少要一个铃铛
这首诗自动书写
从脊柱处拔出。

因为太阳会塌下来,
因为幸福是不够的,
因为你在厨房里
你说一切都过去了。

1999年10月16日

5

妈妈,妈妈,妈妈,妈妈

于是我开始了我的旅程,
固执地穿过迷雾,
去某个遥远的地方。

一切都是错误和痛苦的,
鲁莽的和有罪的。
一切都错了,但只是
世界原本应该如此。

那么为何我需要这些基因,
作为对世俗的恩典,
在他妻子埃琳娜的帮助下
我必须把它传下去。

所以在一个世纪内
孤独如手指一般,
有人在暗中咒骂
这个东正教十字架。

在林间空地可恨的黑暗中
在神圣的俄罗斯土地上
我们能拿什么就拿什么。
如果你愿意,你也可以穿它。

在酷热的天气,暴风雨和暴风雪中,
不管结果如何,
我们把它传来传去
生命是一束微弱的光。

分享，让你辛苦，分享。
不要难过，不要皱眉。
上帝的旨意在他们身上。
她被命运所祝福。

1999年10月17日

6

莉娜，听我说：
明天清晨天亮
我想去游泳池
在酗酒的世界里。

我能感觉到血管里的火热。
在薄弱的地方断裂。
它召唤着我，吸引着我
眼前是一个黑色漏斗。

在这第三次世界大战中，
帕科拉斯是幸运星，
我会和自己待在一起
以一种丑陋的方式。

丈夫，朋友，先生，
与时代格格不入，

我会勇敢地出去
跟一个黑人在一起。

还有所有的缺点,
让命运来判断。
我有一个更强大的敌人
现在没有,将来没有。

看寄生虫是什么模样,
邪恶和醉酒。
但没有比这更好的朋友。
这就是全部的重点。

我会理解所有的日子
清醒的科学。
伸出你的手。
你听到了吗,只是一只手……

1999年10月26日

7

紧紧抓住贝雷迪的灵魂——
不管怎样我还是得去
在马列维奇广场离开,
就像一扇黑色的窗户。

但这将是所有以后。
在今年的期限
他们照常进行
我不知道在哪里。

在这个系列中阅读
我尽了最大的努力,
我在生活中统治着一切
每个人都有自己的上帝。

我在内心的单纯中
跟命运生死搏斗。
我站在骄傲和虚荣中,
但在你面前赤身裸体。

我的最大努力
在房子四壁中
被施了魔法的星星之光
它像X光一样穿透。

希望所有人都敬畏上帝
匆忙地躺倒下来,
我知道它会在天堂
显示出原本的底片。

地球轨道上的一切
来自黑色的梦想,

白光可以翻译
它的七种颜色。

1999年11月5日

8

我看着冰冷的窗户：
日历即将结束，
太阳缠绕在树上，
像神灯一样挂着。

这一天是令人惊奇的明亮，
庄严肃穆而多姿多彩，
好像一点瑕疵都没有
写在公平的副本上。

这样我们就可以打印出来
他们本可以把它挂在墙上。
但神灯却在不断跳动
在棱角分明的地球边缘。

树枝倾斜得越来越低
在黄色星星的重压下，
被稀烂的泥泞笼罩着
走出寒冷和黑暗。

这是一种古老的方式——
对于每一个留下的痕迹,
为了所有的凹凸不平
紧紧抓住金色阳光。

这么熟悉的事情,
上帝的旨意在哪?
平凡的人类
把它当作萤火虫。

折磨他的企图失败
不受欢迎的内疚感。
我们永远平等相处
带着无意中的月光。

1999年10月9日

9

亲爱的同志,萨沙①,
我们被一个古老的傻瓜愚弄。
我们的行动并不简单,
你今天已经四十岁。

---

① 莎沙,是俄语中常见的名字,在诗中是主人公的朋友,作者创造的一个象征性的人物,一个集体形象的代表。

它似乎最近很年轻
我也在你身上看到。
萨沙,这是一个很好的理由
关于命运的流言蜚语。

关于大地上农民的命运。
为地球上变幻莫测的罪,
违反礼仪规范
沉重的,痛苦的,像狂饮。

我们疯狂,可怜,软弱,
从地面渐渐离开。
那些肯定是女人。
我们被逼到了边缘。

我们应该少听她们的话,
但是邪恶意志的本质
她们告诉我们要爱女人
还有更多的酒精。

我们在这里被网缠住了
只是为了爱情,不是为了心灵,
可爱的孩子
这就是证明。

让他们面带微笑,
娇生惯养和艰苦奋斗,

像火鸟一样发光,
我们的生活分成两份。

1999年10月18日

10

生锈的门吱吱作响。
它们和谐地相互呼应
机器就像凶猛的动物,
喵呜,嚎叫,咆哮。

如此简单,如此智慧
在深秋季节
我的早晨开始
在一个外省的庭院里。

你也几乎没有活下来
埃梅尔卡在温暖的炉子上,
但他们把你从床上拖起来
太阳发出光芒。

他们把它扔进几百年前的存钱罐,
你生命中的每一个小时
从抽泣、谣言、感叹中
它们都被输入词汇表中。

从敞开的百叶窗里。
走出公寓昏暗的灯光
你是平等的每一秒
所有折磨世界的声音。

根据谣言、暗示、隐喻
你在这里非常荣幸
跟生命的所有色彩相同
而且比你本身要好。

去制作一个罪恶的肖像
为让满满的文字的开花。
还有他所有的恩典，
还有骨灰和淋巴结。

1999年

第 10 辑 | 二月六日或者来自一个人的第一封信

致孙女紫兰塔

1

在一个球形的肚子里
一根手指从另一边伸出来。
黑暗中生活得好吗?
你是女孩还是男孩?

在狭窄的生命之门
固执地伸手去寻找光明
我年轻的宝贝,
谁会叫你妈妈?

我最喜欢的女儿克苏莎,
夏天出生的小狮子。
谁能代我告诉人们
很快就要成为一位祖父诗人。

你好,看不见的世界!
一次又一次地想象你
在公寓的石头壁龛里
对方呼吸的信息传播。

2

你从医院对着电话喊道
睡在雪地里的瓦迪姆:
爸爸,我再也受不了!
天空爆炸出一声巨响。
冻土正在慢慢地融化。
人类诞生在宇宙中
在被祝福的齐妮亚帮助下
在二月六日晴朗的日子里。

霜花缠绕在窗户上。
紧张的夜晚渐渐干涸。
我现在也帮不了你
只有一个移动连接,
时而在远处,时而在近处
我祈祷:快点做个母亲!
在教堂里从上帝意识到
你可以对着天堂呐喊。

3

他们答应给我的铃铛,
今天不允许任何邪恶。
霜花对他们大声回响
浮冰裂开的噼啪声。
与假日的名称一致

妈妈准备生孩子了。

时间和数字严丝合缝。
显然我的请求被宣告。
答案是棘手的道路。
公鸡宣布三次这个消息,
赋予生命的精神随后进入
在孩子的保护下最纯洁。

所以祈祷声热情诚恳。
教堂像蜡烛一样矗立。
促成痛苦的不幸。
人们安抚大自然。
每个人都在其中却不知
我卷入了你的生日。

4

你丈夫和所有的父亲一样,
在等待着什么发生。
玩笑地生动地发问
一定要带给我一个儿子
他说他等得不耐烦了。
但我不能改变任何事情。
他抽着烟从墙走到门。
所以所有的父亲都是无知的盲人
他们想要男孩,但他们喜欢女儿。

所以所有的父亲,当你变得更糟的时候
震耳欲聋的疼痛会扭曲,
在那一刻你可以试着扮演这个角色
不再是男孩,而是成为丈夫。

5

我女儿有一个蹒跚学步的孩子。
我的宝贝孙女出生了。
缪斯女神变成了祖母。
祖父是个脾气暴躁的诗人。

奖赏从天而降
对我们来说有什么意义?
黄金女孩紫兰塔,
是一滴纯净的水。

为了实现不可估量的希望,
就像一场意想不到的大雪,
从污泥生活中长出洁净,
一个人被派来找到我们。

温柔,爱怜,没有恶意。
在摇篮里的每一步
上帝的皱眉,上帝的肖像
他对我们说:水!

6

你的世界是绝对正确的。
你像天使一样跟我们在一起,
你是上天赐给我们的宝物
有他温和的气息,
有他宽慰的微笑,
还有眉毛的无助
你是否向我们预言过不稳定的生活,
你究竟从哪里来?

在你的其他天赋中——
对邪恶的无知与温和的性格。
你知道那只叽叽喳喳的鸟,
花朵和香草的呼吸,
夜场音乐会上蝉的语言。
婴儿是崇高的人,
正如一个人所说,
全能者践踏死亡。

7

高高的前额,长长的手腕——
你温柔的外表会重复你母亲的话。
她在儿童室的婴儿床上安详地睡觉
这甜蜜的幸福重达三公斤半。
全力嗅闻世界上所有的声音,

她是为了家庭的延续而来的。
到目前为止你最重要的工作
深沉,香甜和健康的睡眠。

你是怎么找到这盏灯的?
你可以分毫不差地把母亲分开。
还有每一个灿烂的微笑
你本能地伸出手来回应。
你每天都在成长,每一刻都在成长。
预料到一场未知的灾难
你像所有人一样害怕黑暗。
你用高声叫喊来昭示孤独。

8

声音源头的紫兰塔
我最喜欢的方块推手,
嘀嘀嘀,啊啊啊
这意味着你需要帮助。

嘀嘀嘀,啊啊啊
你要跟上你的父亲母亲。
嘀嘀嘀,啊啊啊
这是第一次向上帝忏悔。

红色皮球,旋转木马,
还有秋千,还有小孩,

那一滴是什么
你对世界上的一切都感兴趣。

你在跟我闲聊
昨天为了上帝的恩典
用嘴吹出泡泡
你自己从泡沫中学到的。

我会创作诗歌,
我会用干干的嘴唇低声说。
我会给你写诗,
他们只为你一个人写的。

9

我活了这么多年:一年对我来说就像一天。
是时候向白发致敬。
被一道黑暗的阴影吞没
那些一年中漫长的日子。

那么我如何保持所有的白光,
把它归还给房子?
你,我的天使,跟在我身后。
生活总是给予别人。

当你在摇篮里安睡的时候,
祖先在最后一次战斗前是如何入睡的,

我要用真诚的祈祷去相信
如果你愿意,你会让我的生命延长。

瓦迪姆·特里金 (Vadim Terekhin)

1963年生。俄罗斯著名诗人。俄罗斯作家协会副主席，俄罗斯国际文学学院（莫斯科）副院长。全俄罗斯作家联盟卡鲁加地区分会主席。世界诗歌运动（WPM）协调员，彼得罗夫斯卡亚科学艺术学院（圣彼得堡）和俄罗斯文学学院（莫斯科）成员，卡鲁加地区二级国家顾问。曾获第四届博鳌国际诗歌奖年度诗人奖（2021），全乌克兰塔拉斯·舍甫琴科文学奖（2018年），国际斯拉夫文学论坛"金骑士"（2016年），全俄罗斯斯坦瑟夫文学奖（2016）等。

代表作品

《透明时间》
《失望的流浪者》
《金色的尘埃：诗》
《元音和辅音之间：诗歌》
《关于本质，关于永恒，关于主体》
《瓦迪姆的诗》
《秋天的法则》
《幻灭的流浪者》
《启示录》
《太阳中的黄金鸟》
《雅娜·库什》
《无题》

太阳中的黄金鸟

| 出 品 人 | 董利斌 | 选题策划 | 刘文飞 | 责任编辑 | 关志英 |
| 复 审 | 刘文飞 | 终 审 | 古卫红 | 印装监制 | 郭 勇 |

项目运营｜有度文化·刘文飞工作室　　投稿邮箱｜liuwenfei0223@163.com
微　博｜http://weibo.com/liuwenfei　　微信公众号｜YOUDU_CULTURE